IMMER NUR BEI NACHT

Für alle diejenigen, die zu mir sagten:
"Lass es sein."

Daniel Nagel

Immer nur bei Nacht

Dead Girl Walking Press

Bibliografische Informationen der deutschen Bibliothek: Die Deutsche Bibliothek verzeichnet diese Publikation in der deutschen Nationalbibliografie; detaillierte bibliografische Daten sind im Internet über http://dnb.ddb.de abrufbar.

©2011 Dead Girl Walking Press

www.deadgirlwalking.de

Herstellung und Verlag:
Books on Demand GmbH, Norderstedt
Printed in Germany
ISBN 978-3-8423-5490-6

Es ist die Gier nach Wissen,
die in ihrer blinden Wut
weit über allen weltlich Lüsten steht,
wenn erst entfacht ist ihre Glut.

aus **Gesänge der Dhole**, Heinrich Zimmermann, 1891

Die Geschichte, die ich hier niederschreibe, ist unglaublich. So unglaublich, dass es kaum möglich ist, sie niederzuschreiben, denn so sehr ich auch versuchen werde, sämtliche Fakten, Details und Feinheiten, sofern mir das möglich ist, wiederzugeben, so sehr wird es doch nur ein Kratzen an der Oberfläche des unvorstellbaren Grauens sein, das ich erlebte. Ein Großteil dieser Aufzeichnungen fertigte ich ursprünglich als Bericht für meinen Auftraggeber an und ergänze sie nun um eine beschreibende Einleitung und ein abschließendes Schlusswort. Ein Schlusswort, mit dem ich nicht nur diesen Auftrag abschließe, sondern auch mit meiner Tätigkeit als Ermittler, im Zuge derer ich schon so viel Sonderbares erlebt habe. Dieses Mal habe ich zu tief gegraben und eine Wahrheit ans Licht geholt, die besser für immer im unendlichen Dunkel der Wirrungen der Geschichte verschollen geblieben wäre. Es hat Warnungen gegeben, doch ich habe diese Zeichen nicht rechtzeitig gedeutet und sie aus einem falschen Pathos heraus einfach ignoriert. Der schwerwiegendste Fehler meines Lebens. Und wahrscheinlich der Letzte. Doch beginnen wir am Anfang.

Mein Name ist Jefferson Pilgrimm und ich wurde 1896 in Kingsport, südlich des Miskatonic, geboren und bin auch dort aufgewachsen. Anders als meine beiden Brüder, strebte ich ein Studium in Boston an, brach dieses jedoch sehr schnell ab und wandte mich dem Polizeidienst zu. Ich brillierte im Zuge dieser Ausbildung und schloss mit Auszeichnung ab. 1922 wurde ich in Ausübung meiner Pflicht bei einer Razzia von einem Schnapsschmuggler angeschossen, wodurch mein Bein so stark verletzt wurde, dass ich aus dem aktiven Dienst ausscheiden musste. Im Nachhinein ergaben die Ermittlungen, dass der Schmuggler durch einen unbekannten Informanten von der Razzia erfahren hatte und meine Dienststelle keine

Schuld traf. Leider änderte dies jedoch nichts an dem Umstand, dass ich mir ein neues Tätigkeitsfeld suchen musste, wenn ich nicht als Bettler enden wollte. Sehr schnell stellte ich dann fest, dass ich mit meinem natürlichen Talent für die Recherche und meiner ausgeprägten Kombinationsgabe als privater Ermittler erheblich schneller gutes Geld verdienen konnte, als mir das als aufrechter Polizeibeamter möglich gewesen wäre. Mein Büro richtete ich in einem der traditionellen Wohn- und Geschäftshäuser in Boston ein, nahm aber schon bald Aufträge im gesamten County an. Meine Reise führten mich nach Worcester, Aylesbury, Cambridge, Arkham, Kingsport und sogar nach Salem. Nach einigen desaströsen Ereignissen spezialisierte ich mich auf mittel- und langfristige Rechercheaufträge und mied das Überwachen von untreuen Ehefrauen und das Eintreiben von Schulden. Diese Einschränkung meiner Tätigkeit brachte zwar in aller Regel einen ruhigeren Alltag mit sich, führte mich aber nichtsdestotrotz in die Abgründe der einflussreichsten Familien des gesamten Countys. Histerton, Kolby, Whately, Ward und noch viele weitere namenhafte Familien zählten im Laufe der Jahre zu meinen Auftraggebern. Es ist erschreckend, wie sehr das Interesse an der Wahrheit zu blühen beginnt, wenn es darum geht, einen geschäftlichen Konkurrenten aus dem Weg zu schaffen oder einem Erbschleicher auf die Schliche zu kommen.

Man wird mir nachsehen, dass ich trotz dieser permanenten Konfrontation mit dem Morbiden und dem Elend anderer Menschen verbunden mit meiner immerwährenden Wühlerei im tiefsten Dreck des Countys, die mein Handwerk öfter mit sich bringt, als mir lieb ist, ein wenig gelassener, beinahe schon routiniert mit der Frage um Leben oder Tot umgehe und mich derlei, für den normalen Menschen schockierende Widrigkeiten nicht oder zumindest nur noch wenig beeindrucken. So mag es nur wenig überraschen, dass mich der Auftrag, den sonderbaren Selbstmord eines jungen Akademikers der Miskatonic University genauer zu untersuchen und die zwar recht ordentliche, aber im Grunde unwesentliche Schauergeschichte, die der Arkham Advertiser und die Arkham Gazette gedruckt haben, zu wiederlegen, zunächst weder sonderlich überrascht, noch sehr beeindruckt hat. Die höchst sonderbaren Umstände um das Ende des jungen Doktor Jakob Bierce waren es, die den Fall für mich aus der Masse hervorhoben. Ich hatte bereits einen kurzen Artikel im Arkham Advertiser darüber gelesen und kannte daher die wenigen Fakten, die Familie und Polizei der Presse und damit der Öffentlichkeit am 17. Mai 1929 zugestanden hatten:

Mysteriöser Selbstmord im Wohnheim der Universität.
In der vergangenen Nacht kam es zu einem tragischen Vorfall auf dem Universitätsgelände im Bereich der West-Church-Street und der College-Street. In der Zeit zwischen 02:00 und 03:00 morgens hat sich der junge Doktor der Wirtschaftswissenschaften Jakob Bierce, Sohn des bekannten Professors Damien Philipp Bierce, das Leben genommen. Sein verbrannter Leichnam wurde durch die Feuerwehrmänner Wermuth und Kent in dem von innen verschlossenen Apartment gefunden. Die Feuerwehrleute geben an, dass sowohl Tür, als auch sämtliche Fenster der kostspieligen Wohnung im Hauptwohnheim des Campus von innen mehrmals verriegelt waren. „Beinahe so, als wollte der Junge die Welt aussperren", sagt Chief Wermuth gegenüber dem Arkham Advertiser. Dieser Eindruck ersten Feuerwehrmannes am Unglücksort, wird durch die Äußerung von ChefInspektor Furlington von der 2. Polizeiwache in Arkham bestätigt, dass es sich aufgrund Rahmenbedingungen der Tat, als des Abschiedsbriefes von Dr. Jakob Bierce, den wir im folgenden mit freundlicher Genehmigung der Familie

auszugsweise Veröffentlichen, den der Inspektor noch in der Schreibmaschine des jungen Akademikers gefunden hatte. So erklärt Dr. Jakob Bierce sein Ableben wie folgt:

[...] kann ich das Elend nicht mehr ertragen, dass ich über meinen Vater, ja über meine ganze Familie gebracht habe. Mein unüberlegtes und kurzsichtiges Handeln war und ist es, das mich dazu treibt, mein Leben zu beenden und meiner Familie die Schmach zu ersparen.[...]

Somit sei es offenkundig, so Inspektor Furlington, dass hier ein tragischer Suizid vorläge und man den Fall deshalb nicht weiter verfolgen werde. Das Mitgefühl gelte Professor Damien Bierce und seiner Gattin.

Erst recht interessant wurde der Fall für mich durch den ersten Brief von Professor Bierce, der mich am 18. Mai 1929 in meinem Bostoner Büro erreichte. Die typisch energische, geschwungene Handschrift des Akademikers zeigte in wenigen Zeilen die Verzweiflung des Vaters über das unvorhergesehene Ende seines Sohnes:

Hoch verehrter Mister Pilgrimm,
mit großer Wahrscheinlichkeit haben Sie dem Arkham Advertiser vom 17. Mai bereits entnommen, mit welch schrecklicher Tragödie sich die Familie Bierce zum gegenwärtigen Zeitpunkt konfrontiert sieht. Nicht nur, dass der tadellose Ruf unserer Familie im höchsten Maße unter den zwielichtigen Umständen des Todes unseres Sohnes leidet, sondern auch die Psyche meiner Gattin an dieser Prüfung zu zerbrechen scheint. So sah ich mich gezwungen, sie der Obhut eines Freundes aus Studienzeiten zu übergeben, der etwas außerhalb von Aylesbury eine kleine Klinik unterhält. Ich hege die Hoffnung, dass sie dort ein wenig zur Ruhe kommen und genügend Abstand zu dem schrecklichen Ereignis bekommen kann, um

ihr und vor allem unser gemeinsames Leben in Bälde wieder aufnehmen zu können.

Mister Pilgrimm, ich habe von Inspektor Furlington den Hinweis erhalten, dass ich mich vertrauensvoll an Sie wenden solle, da die staatlichen Behörden trotz meines vehementen Insistierens die Untersuchungen rund um die sonderbaren Umständen des Todes meines Sohnes aufgrund der zahlreichen Indizieren für einen Suizid nicht fortführen werden. Der Inspektor hat Ihnen einen ausgezeichneten Leumund bestätigt und mir nahegelegt, mich an Sie zu wenden. Wenn dieser Fall ein Geheimnis in sich trage, so wären Sie derjenige, der es aufdecken könne.

Vorweg möchte ich dringend klarstellen, dass ich und auch meine Gattin unter keinen Umständen glauben können, dass es ich sich bei dem Ableben unseres Sohnes tatsächlich um einen Selbstmord handele. Ich möchte Sie ganz direkt darum bitten, Ihre Expertise auf dem Gebiet der Recherche und Ihr Gespür für die Wahrheit darauf zu verwenden, herauszufinden, was sich hinter den schrecklichen Umständen des Todes meines Sohnes verbirgt. Selbstverständlich werde ich Sie, unabhängig von den Ergebnissen ihrer Nachforschungen, angemessen für Ihre Mühe entlohnen. Ferner komme ich natürlich für alle etwaigen Kosten auf, die außerdem während Ihrer Nachforschungen anfallen sollten. Mister Pilgrimm, ich werde keine Kosten und Mühen scheuen, den Tod meines Sohnes aufzuklären und hoffe, dass Sie mein Streben nach der Wahrheit nicht als fehlgeleitete Reaktion auf die Ereignisse der vergangenen Tage deuten, sondern dass Sie den väterlichen Instinkt, der mich antreibt, nachvollziehen können.

Ich freue mich sehr auf ihre Antwort und hoffe, schon bald von Ihnen zu hören.
Hochachtungsvoll,
D.P.B.

Noch am selben Tage telegrafierte ich Professor Bierce meine Antwort und bat um ein persönliches Gespräch in der kommenden Woche. Außerdem reservierte ich telefonisch ein Zimmer im Hotel Miskatonic, das aufgrund seiner Lage in der Nähe des Campus zwischen College-Street und Pickman-Street, der ideale Ausgangspunkt für meine Nachforschungen war.

Neben dem Zeitungsartikel und dem kurzen Brief wusste ich vor dem ersten Treffen mit Professor Bierce nicht viel mehr über diese traditionelle Familie von Wirtschaftswissenschaftlern, als ich von Zeit zu Zeit dem Advertiser oder der Gazette entnehmen konnte. Und das war, sah man von dem ein oder anderen sehr erfolgreichen Vortrag oder der Veröffentlichung eines wissenschaftlichen Fachbuches ab, nicht sehr viel. Die Familie Bierce war bereits vor der Jahrhundertwende von Boston nach Arkham gekommen. Angelockt durch den ausgezeichneten Ruf der Universität und der immer einflussreicheren Rolle Arkhams als feine Wohngegend und exklusive Vorstadt von Boston, ließ sich die Akademikerfamilie in der Stadt nieder und erwarb ein kleines, aber nicht minder eindrucksvolles Anwesen südlich des Miskatonic und der Washington Avenue folgend Richtung Kingsport etwas außerhalb der Stadt, das vor allem wegen seines ausgezeichneten Blicks über das nächtliche Arkham eine durchaus begehrte Immobilie darstellte.

Noch vor diesem Treffen begann ich mit ersten Recherchen über den bedauernswerten Jakob Bierce, dessen verbrannte Reste in seinem Zimmer im Wohnheim der Miskatonic University gefunden worden waren. Da sowohl die Tür als auch die Fenster mit mehreren geschlossenen Riegeln versehen waren, waren die Ermittler der Polizei unter der Leitung von Inspektor Furlington sich sehr schnell einig, eine Fremdeinwirkung als Todesursache ausschließen zu können. Doch welcher Mensch bei klarem Verstand übergoss sich selbst mit Lampenöl und übergab sich den Flammen, wenn er stattdessen den Revolver hätte nutzen können, der neben ihm im Zimmer gefunden wurde? Es war ein rein praktischer Gedankengang, den ich jedoch für mich behielt.

1910 wurde Jakob als einziger Sohn im St. Mary's Hospital geboren und führte bis zu seiner Immatrikulation ein ebenso unauffälliges wie ruhiges Dasein. Je mehr ich mich in den schweren Bänden des Archives vergrub, desto klarer wurde, wie normal die Familie Bierce war, und dass, so tief ich während meiner Suche auch in die Vergangenheit vordringen würde, ich nichts von Bedeutung finden würde. Ein befreundeter Arzt im Bostoner Queen Ann Hospital informierte mich hinter vorgehaltener Hand darüber, dass weder die väterliche noch die mütterliche Seite jemals durch sonderbare Erkrankungen oder gar Wahnsinn auffällig geworden wären. Einzig eine Tante von Jakobs Mutter, welche noch vor dem Umzug der Familie nach Arkham verstorben war, litt über einen kürzeren Zeitraum an einer bestimmten Form der Epilepsie, was zu Schlafstörungen und kürzeren Absencen geführt habe. Ich beschloss, dass diese Ausnahme der ansonsten kerngesunden und mit einem etwas überdurchschnittlichen Alter gesegneten Familie keine Rolle bei der Aufklärung des Selbstmordes von Jakob spielen würde. Keine nennenswerten Geisteskrankheiten, keine direkte oder indirekte Verbindung mit einem Kult oder einer Geheimgesellschaft, keine okkulten Tätigkeiten. Die Historie der Bierce-Familie schien mir beinahe zu rein, als dass sie wirklich den Tatsachen entsprechen konnte. Ich kann nicht sagen, was genau ich zu finden gehofft hatte, aber es breitete sich eine fast schon grundlegende

Enttäuschung in mir aus, auf nichts weiter gestoßen zu sein, als eine typische Familie Neuenglands.

So beschloss ich, die Vergangenheit vorerst ruhen zu lassen und mich den Fakten zuzuwenden, weshalb ich mich bereits am nächsten Morgen aufmachten, ChefInspektor Darren Furlington von der 2. Polizeiwache in der Peabody Avenue gegenüber vom Independence Square auf der Nordseite des Miskatonic aufzusuchen. Es war mir nur Recht, dass man Furlington mit den Untersuchungen betraut hatte, denn so sehr er auch über die Grenzen der Stadt hinaus für seinen absoluten Mangel an Kreativität bekannt war, so sehr schätzte ich seine Integrität. In meinem Leben habe ich selten eine derartig skeptische Natur getroffen. Wir hatten bereits in der Vergangenheit im Zuge einiger meiner Aufträge miteinander zu tun, woraus sich bei jeder sich bietenden Gelegenheit eine fruchtbare Zusammenarbeit ergeben hatte. Man könnte beinahe sagen, dass wir im Laufe der Zeit so etwas wie Freunde geworden waren. Entgegen aller Erwartungen stellte sich meine Unterredung mit Furlington als wenig ergebnisreich heraus. Auch wenn wir lange darüber sprachen, welche Bewegründe der Bierce Senior haben mochte, nicht an den Selbstmord seines Sohnes zu glauben, stand ich am Ende mit leeren Händen da. Einzig der Einblick in die Akte inklusive der Lichtbilder des Tatortes und der Augenzeugenberichte stellte einen kleinen Lichtblick in der Düsternis der Ahnungslosigkeit dar. Ein wenig ratlos war der Inspektor jedoch bezüglich zweier Umstände, die nicht recht in das Bild des instabilen Selbstmörders passen wollten. Zum einen hatte man mehrere Waffen und ausreichend Munition am Ort des Geschehens gefunden, um ein kleines Gefecht führen zu können, zum anderen wurde ein Großteil des Apartments durch einen gepanzerten Geldschrank aus der für ihre kostspieligen Produkte bekannten Bostoner Manufaktur des Eugen Tenthworth belegt. Beides ließ sich auf keine Weise mit dem ruhigen, zurückgezogen und erschreckend mittelmäßigen Studenten vereinbaren, der Jakob Bierce laut der zahlreichen Zeugenaussagen gewesen war. Ich erhoffte mir in dem Gespräch mit seinem Vater einige Anhaltspunkte darauf finden zu können, warum der Junge so von Furcht geplagt zu sein schien - denn die Zeichen, scheinbar unsichtbar für das verkorkste Auge des Gesetzes - zeigten es ganz deutlich: Jakob Bierce wollte etwas beschützen. Ich verzichtete bewusst darauf, diesen Gedanken mit Furlington zu teilen, da dieser sich in seiner Kompetenz als Ermittler lediglich angegriffen gefühlt und mir eine weitere Zusammenarbeit untersagt hätte. Obskur schien mir auch die Beiläufigkeit, mit der Furlington feststellte, dass es sich bei den sichergestellten Waffen, ein Revolver und eine Schrotflinte, um Hehlerware aus dem Einbruch im Waffendepot der Nationalgarde in der Federal-Street vor einigen Wochen handelte. Der Junge habe lediglich die falschen Waffen beim falschen Hehler erworben und man würde diese Spur nicht weiter verfolgen.

Furlingtons Männer hatten gründlich und mehr als zwanzig Zeugen befragt, die sich zum Zeitpunkt des Feuers im Gebäude selbst oder in dessen unmittelbarer Umgebung befunden hatten. Von diesen Aussagen erregte keine einzige meine Aufmerksamkeit, doch ich bat Furlingtons Sekretärin dennoch, mir Abschriften anzufertigen, während ich weitere Details mit dem Polizisten erörterte. Nachdem ich ein weiteres Gespräche mit den Polizisten, den Officers Kensington und Westhome, geführt hatte, die zum Zeitpunkt, als das Feuer gemeldet wurde, ihren Dienst versehen hatten und dieser ebenso ergebnislos wie einseitig verlaufen war, bat ich Furlington um die Genehmigung, den Tatort aufzusuchen. Während er den Passierschein ausstellte, erklärte er mir lachend, dass ich wohl kaum neue Anhaltspunkte finden würde, die gegen die weitverbreitete Theorie eines Selbstmordes des jungen Bierce sprechen würden. Mein Vorhaben sei reine Zeitverschwendung.

Um mir einen ungeschönten Eindruck davon zu machen, wie man den Jungen gefunden hatte, begab ich mich dennoch bereits am selben Tage zur Universität. Es war lange her, dass es mich auf das Gelände einer Universität geführt hatte und entsprechend beeindruckt zeigte ich mich über das Ausmaß des Geländes der Miskatonic University. Mit etwas Glück gelang es mir, anhand der Lebensumstände und der Hinterlassenschaften des Jungen in Verbindung mit kurzen, jedoch zielgerichteten Gesprächen mit dem Umfeld, nicht nur Licht ins Dunkel um den mysteriösen Selbstmord zu bringen, sondern eventuell sogar die gesamte Angelegenheit aufzuklären. Eine andere Chance bestand für die Angehörigen kaum, denn obgleich sowohl die Stadtverwaltung als auch der Dekan der Universität öffentlich darauf drängten, dass die Ermittlungen zeitnah abgeschlossen wurden, wusste man natürlich, dass hinter vorgehaltener Hand genau das Gegenteil verlangt wurde. Die Miskatonic University hat niemals Interesse daran, dass sich die Polizei, Reporter und bestenfalls noch private Investigatoren auf dem Gelände herumtreiben und Fragen stellen, die besser nicht gestellt werden. Die Wahrheiten, die durch diese Nachforschungen ans Licht kommen könnten, wären dem Ruf der Universität deutlich schädlicher, als der tragische Selbstmord eines Studenten jemals sein könnte.

Das Wohnheim des jungen Bierce lag auf dem westlichen Campus. Es ist ein großes, rechteckiges Gebäude aus rotem Backstein, in dessen geometirischer Mitte eine gewaltige Kassettentür das Eingangsportal bildet, welches von zwei massiven Säulen eingefasst ist. Das Wohnheim beherbergt rund einhundert Studenten, wobei es sich bei ihnen meist um die Söhne aus reicheren Häusern handelt, und ist eines der ältesten Gebäude auf dem Campus, weshalb es nicht mit den neueren, aber beträchtlich weniger komfortablen Schlafsälen vergleichbar ist, von denen man inzwischen drei weitere auf dem Gelände findet. Das Zimmer des Studenten war eine kleine und zweckmäßig eingerichtete Zelle, deren Wände beinahe ausnahmslos mit Bücherregalen versehen waren und in der sich auf jedem freien Fleck weitere Bücher und Unterlagen stapelten. Wäre da nicht dieser abartige Gestank nach verbranntem Fleisch, der, sobald man die schwere Tür aufgeschoben hatte, einen unmittelbar einhüllte und den man auch Tage später noch wahrzunehmen dachte. Sah man aus dem Fenster, konnte man bei gutem Wetter quer über das Gelände an der Locksley-Hall vorbei bis hin zur wirtschaftswissenschaftlichen Fakultät sehen. Mit Ausnahme der Brandrückstände auf dem Bett um dem schweren Tresor erschien es mir wie das typische Arbeitszimmer eines ambitionierten Studenten. Erst im Zuge einer intensiven Untersuchung stellte ich weitere Auffälligkeiten fest. Jakob Bierce hatte sämtliche Fensterläden und die Tür mit zusätzlichen Schlössern und Bolzen gesichert. Die massiven Spuren von Fremdeinwirkung auf dem Tresor, die ich anfangs für Gebrauchsspuren aufgrund jahrelanger Nutzung gehalten hatte, erwiesen sich als Zeichen eines erst kürzlich vorgenommenen und gescheiterten Versuches, den Panzerschrank zu öffnen. Der Tresor selbst war erst vor wenigen Wochen gefertigt worden, was ich einer kleinen Plakette am massiven Fuß entnahm. Furlington hatte während seines Gespräches erwähnt, eventuell einen seiner Techniker zu schicken, um den Schrank aufzubrechen, ging aber nicht davon aus, dass der Inhalt in einem unmittelbaren Bezug zum Selbstmord des Jungen stand und maß der Angelegenheit deswegen nur geringe Bedeutung bei. Ich vertrat die gegenteilig

Ansicht, vermied es aber, diese allzu deutlich zum Ausdruck zu bringen, da ich befürchtete, dass, sollte sich tatsächlich etwas mit Bezug zum Fall im Tresor befinden, es höchst wahrscheinlich seinen Weg in die Lagerräume der Polizeiwache finden würde, um die Lösung, die Furlington bereits in diesem frühen Stadium der Untersuchungen für allgemeingültig erklärt hatte, nicht zu gefährden. Meiner Meinung nach handelte es sich bei dem, was Bierce im Tresor verborgen hatte, um etwas, dass er um jeden Preis schützen wollte, betrachtete man den Wert, den das Modell des Panzerschrankes hatte.

Ein besonderer Umstand waren die verbrannten Rückstände des Bettes. Furlington ließ es aus mir nicht nachvollziehbaren Gründen in seinen Berichten aus zu erwähnen, dass Bierce oder sein Mörder das Bett in die Mitte des Raumes geschoben hatte und sämtliche brennbaren Stoffe in der unmittelbaren Nähe entfernt hatte, sodass das Feuer nicht vom Bett auf den Raum übergreifen konnte. Die Inszenierung war dabei derartig eindeutig, dass es kein Zufall sein konnte, dass sie nicht in den Polizeiberichten auftauchte. Auf dem Federrost des Bettes waren noch deutlich Rückstände des verbrannten Körpers zu erkennen. Ein weiteres Detail, das im Polizeibericht keine Erwähnung gefunden hatte, waren die sonderbaren blauen Banderolen, die überall im Zimmer verstreut waren und auch den Abfalleimer bis zum Rand füllten. Außerdem säumten so viele leere Ölflaschen den Boden, dass nur ein Wunder verhindert haben konnte, dass das gesamte Zimmer restlos ausbrannte. Die Banderolen, so stellte ich rasch fest, gehörten zu einer bestimmten Variante einer lokal produzierten Seife. Das golden geprägte Emblem zeigte einen stilisierten Globus und einen angedeuteten Pfeil der die Bewegung des Weltkugel andeutete, darunter die Anschrift, 3497 Westcreststreet, Arkham. Aus welchem Grund oder für welches Unterfangen der junge Bierce dermaßen viel Seife benötigt haben könnte, war mir absolut unklar.

Wenige Tage später reiste ich mit den bis jetzt gewonnenen Erkenntnissen zum Anwesen der Familie Bierce im beinahe provinziell südlich gelegenen Teil von Arkham. Bierce hatte einen Fahrer geschickt, um mich vom Gelände der Universität abzuholen, da ich ihm Tags zuvor in der telegraphischen Terminbestätigung noch mitgeteilt hatte, dass ich mich dort einmal umsehen wollte. Der Fahrer, ein hagerer Mann mit einem melancholischen Gesichtsausdruck, stellte sich als Colby vor und verlud mein weniges Gepäck zügig in den Fond des Fords, bevor er sich wieder hinter das Steuer setzte und wir die Universität verließen. Die Fahrt verlief anfangs östlich und führte uns beinahe die gesamte College-Street entlang, durch zahlreiche kleine Viertel, die ausnahmslos aus kostspieligen und renovierten Stadthäusern des Bostoner Geldadels und Kirchen zu bestehen schienen. Die beigefarbenen, hölzernen Wandverschalungen, die hohen Fenster und Türen, die allesamt von kleinen Giebeln mit dunklen Ziegeln gedeckt waren, vermittelten einen so unsagbar sauberen und vornehmen Eindruck, dass es undenkbar war, auf der anderen Seite des Flusses Gebäude vorzufinden, die ob ihres Zustandes des Verfalls und der urbanen Verwesung diese Bezeichnung nicht mehr verdienten. Nach einer guten halben Stunden bogen wir auf die Powder Mill ab und folgten dieser von vielen kleinen, ordentlichen Häusern mit gepflegten Gärten gesäumten Straße, bis sie sich mit der Peabody Avenue vereinte und uns aus Arkham heraus in die ländlichere Umgebung und damit in die beinahe unberührte Landschaft Neuenglands führte. Vorbei an Farmhäusern, vor denen weite, orangene Felder die nahende Kürbisernte ankündigten, einer kleinen, sich zwischen den Hügel entlang windende Straße folgend, bis ich am Horizont bereits das große weiße

Haus im Kolonialstil erkennen konnte. Auf eine subtile Art und Weise majestätisch thronte es auf einem der höheren Hügel und zeichnete sich deutlich vor den in bläulicher Unschärfe versinkenden Linien der tiefen, unendlichen Wälder des Countys ab. Schon an der elitären Lage des Anwesens konnte man deutlich erkennen, dass die Vorfahren der Bierce bereits zu beträchtlichem Reichtum gekommen waren. Vornehmlich durch eine kleine Flotte von Handelsschiffen und dem Transport von Gewürzen und Tee entlang der Ostküste. Er war schließlich der Großvater von Jakob Bierce, der ehrenwerte Jean Deveraux Bierce, der das Familiengewerbe veräußerte und eine akademische Laufbahn einschlug. Das durch den Erlös erhaltenen Geld investierte er unter anderem in mehrere kleinere Unternehmen, die über den gesamten County verteilt waren. Dies machte es schwierig, die entsprechenden Unterlagen zeitnah zu beschaffen, sodass ich vorerst davon absah. Das Vermögen der Familie setzt sich somit aus dem Erbe von Deveraux Bierce einmal in monetärer Form, als auch aus den verschiedenen erworbenen Unternehmensanteilen zusammen. Durch diese gesicherten finanziellen Umstände ist es daher nicht unwahrscheinlich, dass, Gesetz dem Fall, wirklich eine Fremdeinwirkung vorläge, Geld das Hauptmotiv war. Dem entgegen steht jedoch der Umstand, dass augenscheinlich keine Wertgegenstände nach der Tat entwendet worden sind. Die äußerst wertvolle Taschenuhr des Vaters wurde ebenso im Zimmer gefunden wie eine gewisse, für einen Studenten eher unübliche Summe Bargeld und zahlreiche, in bestimmten Kreisen hochwertvolle Folianten und Monografien. Überhaupt warfen die Bücher, die ich im Apartment vorfand nicht nur trotz ihrer Größe ein Rätsel auf, sondern vor allem wegen ihrer besonderen Natur. Ich notierte sämtliche Titel und nahm mir vor, unmittelbar nach der Rückkehr vom Anwesen der Bierce ein Antiquariat in Newburyport aufzusuchen. Ein unabhängiger Händler, so wusste ich, würde bei der ersten Einordnung der Werke am ehesten helfen können. Erst, wenn es daran ging, die Einordnung in den zeitgeschichtlichen Kontext drastisch zu verfeinern, würde ich die Expertise des Fachpersonals der Universität unter einem Vorwand in Anspruch nehmen.

Professor Damien Philipp Bierce trat mir der typisch neuenglischen Mischung aus Zurückhaltung, Direktheit und Freundlichkeit gegenüber, die man bei Menschen des alten Geldadels erwarten konnte und begrüßte mich mit einem kräftigen Handschlag. Bis hin zum dichten grauen Haar entsprach sein Äußeres absolut jedem Vorurteil, das man einem Akademiker entgegenbringen konnte. Ohne Umschweife bat er mich in den Salon des weitläufigen und geschmackvoll gestalteten Hauses und ließ uns von einer Bediensteten ein leichtes Mittagessen servieren. Während des ausgezeichneten Essens plauderten wir über Belanglosigkeiten, doch unmittelbar nach dem Essen, die letzten Teller wurden gerade abgeräumt, verfinsterte sich seine Miene. Er betonte, dass er es bedaure, dass wir uns unter diesen Umständen kennengelernt hätten, dass Jakob und ich ja im selben Altern gewesen seien und uns aufgrund unserer natürlichen Neugier sehr gut verstanden hätten. Anschließend sprachen wir kurz über mein Honorar, wobei hier gesagt sei, dass es dem alten Bierce absolut gleichgültig gewesen war, was die Ermittlungen kosteten, solang ich nur ehrlich behaupten konnte, dass ich alles in meiner Macht stehende versucht hatte, um die Wahrheit ans Licht zu bringen und Jakob Bierce von der schweren Schuld eines Selbstmörders zu befreien. Ich erinnere mich noch deutlich daran, wie Bierce mich mit seinen blassen Augen ansah und sagte, dass er fest davon überzeugt sei, dass ich unter alle Umständen die Wahrheit ans Licht bringen würde.

Professor Bierce schilderte in knappen, nur wenig ausgeschmückten Sätzen die Familiengeschichte und seinen eigenen akademischen Werdegang. Beide Historien waren annähernd deckungsgleich mit den Ergebnissen meiner Recherchen und offenbarten somit keine neuen Einblicke in die Geschehnisse der letzten Tage. Erst, als er damit begann, über seinen Sohn zu sprechen, veränderte sich sowohl sein Ton, als auch die Nähe zur Wahrheit. Da es sich bei Jakob um seinen einzigen Sohn handelte, würden seine Gattin und er ihn von Herzen lieben und seine positive Entwicklung an der Universität mit Freuden beobachten. In der jüngeren Vergangenheit hätte es selten Anlass gegeben sich zu sorgen oder Jakob für ein bestimmtes Fehlverhalten zu rügen. Schenkte man den Erzählungen des alten Bierce glaube, so war Jakob stets ein lebensfroher, aber dennoch folgsamer Junge gewesen, der sich für die Tätigkeit des Vaters interessierte und sich bereits früh dafür entschlossen hatte, seinem Beispiel zu folgen und eine akademische Laufbahn einzuschlagen. Sicher hätte es hier und dort kleine Verirrungen gegeben, wobei der Professor das Wort „Verirrungen" mit derartiger Verachtung förmlich auszuspucken schien, dass es mich regelrecht erschreckte. Diese Verirrungen äußerten sich in einem für junge Geister ungesunden Interesse in den Naturwissenschaften und der Völkerkunde. Beides seien wissenschaftliche Felder, die einen Verstand vollends verderben können, sofern man ihnen unvorbereitet oder gar leichtfertig gegenüber trete. Diese Neigung legte sich aber mit zunehmendem Alter des Jungen, sodass er unbelastet sein Studium an der Miskatonic University aufnehmen und dort sogar mit guten Noten promovieren konnte. Mit der Promotion nahm auch der regelmäßige Briefkontakt zu seinen Eltern stetig ab, worin weder Professor Bierce noch seine Gattin Anlass zur Besorgnis sahen. Sie empfanden es als üblichen Schritt im Reifungsprozess eines wissenschaftlich orientierten Verstandes, sich vom Elternhaus zu lösen. Von Zeit zu Zeit habe der Junge seinen Vater postalisch um ein wenig finanzielle Unterstützung für dieses oder jenes Forschungsvorhaben gebeten, aber keine konkreten Details genannt. Man habe ihm diese Unterstützung ohne Fragen gewährt, da sich der Professor nur zu gut an seine eigene Zeit als junger Wissenschaftler erinnern konnte und das weit über das normale Maß ausgeprägte Interesse des eigenen Vaters an den Forschungen ihm stets eine Last gewesen seien. Man war sich sicher, dass Jakob alsbald eine sauber und aufwendig recherchierte Abhandlung präsentieren würde, deren Finanzierung er mit den Geldern seines Vaters voran getrieben hatte. Dies blieb jedoch aus.

Der maschinengeschriebene Abschiedsbrief des Sohnes, der nicht einmal Unterzeichnet war und dessen Echtheit Professor Bierce bei jeder Gelegenheit anzweifelte, lieferte leider keine hinreichenden Informationen, um Rückschlüsse auf den Täter zuzulassen. Da unsere Gespräche dennoch erheblich mehr Zeit in Anspruch genommen hatten als ursprünglich geplant gewesen war, bot mir Professor Bierce eines der zahlreichen Gästezimmer an. Seine Magd würde mir ein Abendessen bereiten und anschließend könne ich mich ausruhen. Morgen, nach einem kurzen Frühstück, würde er selbst mich zurück in meinen Teil der Stadt fahren. Der schwere Sturm, der im Laufe des Abends aufgezogen war, veranlasste mich dazu, das Angebot des Professors anzunehmen. Nach einem gemeinsamen Cherry gab der Professor an, dass er sich nun zurückziehen würde und bat mich, ihm dies nachzusehen, denn es sei eine schlimme Zeit, die ihn körperlich im höchsten Maße beanspruche. Nach einem kleinen aber ausgezeichneten Essen ließ ich mir von seinem Personal mein Zimmer zeigen und war froh, nach einem Tag wie diesem endlich zur Ruhe zu kommen. Nachdem ich die Erkenntnisse aus dem Gespräch mit

Bierce in meinem Notizbuch ausformulierte, bildeten sich mehrere zentrale Punkte, die mich noch lange in dieser Nacht wachhalten sollten.

Zu diesem Zeitpunkt der Ermittlung war ich absolut unschlüssig, welcher Theorie ich mich anschließen sollte. Ich wunderte mich, dass die Polizei in Person des sonst so integeren Inspektors Furlington so vehement versuchte, den Verdacht auf einen Selbstmord zu erhärten. Welche Vorteile sollte sie daraus ziehen? Ich beschloss, dem in den nächsten Tagen auf den Grund zu gehen. Zu diesem Zeitpunkt bestenfalls unklar war mir, warum die Eltern von Bierce so sehr versuchten, den Namen ihres Sohnes reinzuwaschen. Sicher warf ein Selbstmord einen schlimmen Schatten auf den guten Namen einer Familie, aber die erzchristlichen Zeiten, in denen Selbstmörder in der Familie die gesamte Reputation nachhaltig schädigen konnten, waren lange vorbei. Als dritte Position in diesem Verwirrspiel um die Wahrheit sah ich Jakob Bierce selbst. Der Junge, dessen Kommilitonen ich befragt und dessen Zimmer ich untersucht hatte, schien ein gänzlich anderer zu sein als der, der mir von seinem Vater beschrieben wurde. Auch wenn man aufgrund der elterlichen Zuneigung eine leichte Verzerrung der Wahrnehmung immer hinnehmen musste, schien es mir in diesem Fall mehr nach einer gezielten Falschinformation auszusehen. Mich beschlich das Gefühl, dass mich einzig Jakobs Mutter ein Stück weiter an die Wahrheit bringen würde.

Bevor ich zu Bett ging, erlaubte ich mir noch einen Cognac aus der exquisit ausgestatteten Bar meines aus zwei Räumen und einem eigenen Bad bestehenden Gästezimmers. Das Glas in der Hand trat ich auf den kleinen Balkon und ließ den Blick über das nächtliche Arkham schweifen. Allein dieser Ausblick rechtfertigte den exorbitanten Preis, mit dem das Grundstück im Gemeindearchiv verzeichnet war. Denn auch wenn heftige Windböen über das Land tobten und die Luft von einer ungewöhnlich scharfen Kälte erfüllt war, bestach die Nacht durch eine unvergleichliche Klarheit, welche es mir ermöglichte, mit einiger Fantasie über den Südteil Arkhams hinweg bis zum Miskatonic sehen zu können. Mit ein wenig Fantasie war es sogar möglich, die Umrisse der Verladekräne am Hafen erkennen zu können, die sich wie dünne, gichtgequälte Klauen in den nächtlichen Himmel auszustrecken schienen. Das Anwesen der Bierce lag gerade soweit von der Stadt entfernt, dass man ihre nächtliche Schönheit in jedem Detail genießen konnte, man aber vom städtischen Lärm annähernd vollständig verschont blieb. Als Preis für diese ländliche Idylle musste man jedoch in Kauf nehmen, dass man stattdessen die allgegenwärtige Geräuschkulisse des Waldes zu hören bekam. Als jemanden, der fast ausnahmslos in Großstädten gelebt und gearbeitet hatte, bereitete mir der Sturm, der jetzt durch die uns umgebenden Wälder tobte, ein fortwährendes Gefühl des Unbehagens, da er das Unterholz rund um das Haus mit Leben erfüllte. Mehr als einmal bildete ich mir ein, im fahlen Mondlicht eine Gestalt durch das Dickicht auf das Haus huschen gesehen zu haben, verwarf diese wirren Gedanken jedoch augenblicklich und versuchte sie mir durch meine Übermüdung und den guten Cognac zu erklären, von dem ich mir sogleich noch ein weiteres Glas einschenkte. Trotz aller Versuche der Beschwichtigung beschlich mich immer öfter und auch immer stärker das Gefühl, von dort unten aus dem sturmumtobten Unterholz beobachtet zu werden.

In dieser Nacht lag ich lange wach und versuchte, aus den bereits gewonnenen Informationen Antworten auf die zahlreichen Fragen zu finden, die sich vor mir auftürmten. Ich musste mir eingestehen, dass dieser Auftrag weit mehr war, als das übliche Wühlen in den Geheimnissen von wohlhabenden Familien. Dieses Mal schien es beinahe so, als versuche jeder Beteiligte, die Wahrheit daran zu hindern, ans Tageslicht zu kommen. Am nächsten Tag plante ich einen erneuten Besuch bei Inspektor Furlington, um mit ihm einen Termin zu vereinbaren, um den Tresor öffnen. Die zahllosen falschen Aussagen und die augenscheinliche Fahrlässigkeit, mit der Furlington klare Indizien einfach übersehen hatten, machten es in meinen Augen zwingend erforderlich, dass ich bei einer Öffnung des Panzerschranks persönlich anwesend war. Ansonsten lief ich Gefahr, dass in meiner Abwesenheit essentielle Beweise unterschlagen wurden. So nahm ich das Angebot von Bierce, mich mit seinem Auto in die Innenstadt zu fahren, dankend an und er setzte mich bei der 2. Polizeiwache ab. Leider traf ich Inspektor Furlington nicht persönlich an, erhielt aber von seiner Sekretärin die Information, dass man noch in dieser Woche den Tresor aufbrechen wollte. Ich bat darum, mich zu informieren, hinterließ die Anschrift meines Hotels und verließ die Polizeiwache. Mit dem Taxi erreichte ich eine Stunde später mit einem kurzen Halt im Hotel, um etwas Kleidung und meine Unterlagen abzuholen, den Bahnhof und erwarb eine Fahrkarte für den Nachtzug von Newburyport nach Aylesbury, wo ich ohne Professor Bierce zu informieren, seine Gattin aufsuchen wollte. Anschließend machte ich mich mit dem Bus, der einmal täglich über Innsmouth nach Newburyport fuhr, auf den Weg zu einem Antiquariat. Nachdem ich dort die Liste mit den Büchern überprüft hätte, die ich im Zimmer des jungen Bierce gefunden hatte, würde ich eine Kleinigkeit essen und den Zug in Richtung Aylesbury besteigen. Es würde ein leichtes sein, die Anzahl der entsprechenden Institutionen auf die wenigen in Frage kommenden einzugrenzen. Der Rest wäre dann gute alte Laufarbeit und ein wenig Überredungskunst. Zu diesem Zeitpunkt konnte ich nicht abschätzen, wie Professor Bierce darauf reagierte, wenn er davon erfuhr, dass ich ohne seine Einwilligung seine Frau aufgesucht hatte, doch ich rechnete fest damit, dass er meine Entscheidung verstehen würde, wenn er sie vor dem Hintergrund betrachtete, dass ich den Selbstmord seines Sohnes unter allen Umständen aufklären sollte. Bevor ich einschlief, schaute ich über einige der Notizen des jungen Bierce, die ich bei mir hatte. Seine jugendlich impulsive Schrift zeugte von Enthusiasmus und Überzeugung. Viele der Notizen ergaben keinen Sinn und bestanden aus zusammenhangslosen Sätzen oder Satzteilen. Eine bestimmte Kombination aus Buchstaben und Zahlen wiederholte sich dabei regelmäßig auf jedem einzelnen Bogen Papier. Jedoch war auch immer wieder die Rede von einer älteren, erhabenen Rasse. Damals vermutete ich dahinter die Urheber eines bestimmten Buches, nach dem der Junge auf der Suche gewesen ist und maß dieser Notiz nicht viel Bedeutung bei. Und dann stand dort immer wieder dieses Wort: Yith.

Es war bereits Nachmittag, als ich die Busfahrt von Arkham nach Newburyport antrat. Der Bus war beinahe leer, sodass ich die Gelegenheit nutzte und mich beim Fahrer – er selbst stellte sich als Thomas Woodmore vor – nach einen Antiquariat in Newburyport zu erkundigen. Woodmore konnte mir tatsächlich zwei Adressen von Händlern nennen, die sich bei meiner Suche als hilfreich erweisen könnten. Nachdem wir Innsmouth erreichten und während der gesamten Wartezeit in dieser fremdartigen Stadt ein beklemmendes Schweigen im Bus herrschte, ging ein gemeinschaftliches Aufatmen durch die wenigen Fahrgäste, als Woodmore die Fahrt schließlich einige Minuten eher als geplant fortsetzte, ohne dabei einen der sonderbaren Einwohnern, die uns glotzend durch die Scheiben des Fahrzeuges anstarrten, als Passagier aufnehmen zu müssen. Woodmore berichtete, dass dieser Abschnitt seiner Route ihn seit Jahren mit Ekel und Abscheu erfüllte, ihn die gaffenden Männer und Frauen aus dem verfluchten Küstenstädtchen sogar im Traum verfolgten.

Der folgende Abschnitt der Reise verlief auf einer schmalen Straße entlang der Küste und offenbarte zu unserer rechten einen atemberaubenden Ausblick über den Atlantik, zu unserer linken die dichten, undurchdringlichen und mystischen Wälder Neuenglands. Ich blickte hinaus auf diese scheinbar unendliche schwarzblaue Fläche, die sich bis zum Horizont erstreckte und wie die Sonne in ihr in tausende und abtausende Teile zerspringen zu schien. Von Zeit zu Zeit passierten wir einen der für diese Gegend so berühmten Leuchttürme und wie er sich auf einem schroffen Felsen mit der rotweißen Bemalung gegen Wind und Wetter stemmte. Für einen Moment überkam mich einen schreckliche Woge der Einsamkeit, wenn ich daran dachte, meine Tage und, schlimmer noch, meine Nächte auf diesem Turm zu verbringen. Bereits diese Vorstellung allein reichte aus, um mir einen Schauer über den Rücken zu jagen. Unweigerlich musste ich an die Nacht im Hause der Familie Bierce denken. Und wie beobachtet ich mich gefühlt habe. War es das, was eine große alte Rasse wie die Yith tun würde, wenn es sie gäbe? Im Verborgenen bleiben und beobachten? Die eigenen Spuren aus der Geschichte verwischen und hoffen, niemals aufgespürt zu werden? Am wichtigsten War jedoch die Frage, was ein kleiner Student aus Arkham dann für eine Rolle spielte. Musste er zum Schweigen gebracht werden, nur, weil er ein paar Bücher las? Während ich meine Augen auf die weite Reise über die glitzernde Oberfläche des Meeres schickte, die mit den leichten Wellen und der sich darin brechenden Sonne aussah wie dunkelblaue Scherben, passierten wir eines dieser kleinen Küstenstädchen, die Namen haben, wie "Purple

Bay", "Waylan Upper Port" oder "Whitecoast" und deren kleine Häuser sich auf mehrere Terrassen entlang der Küste verteilten. Dörfer mit kleinen hölzernen Kirchhäusern und weit gespannten Fischernetzen etwas abseits am Ufer. Eine eigentümliche, schwer zu beschreibende Mischung aus Gastfreundschaft und Abweisung, die aus dem Gefühl resultiert, dass man einfach nicht zu diesen Dörfler an der Küste gehört. Etwas entfernt hörte ich noch Hafenglocken und schlief ein. Ich meine mich erinnern zu können, dass ich geträumt habe, doch beschwören möchte ich es nicht. Es sind nur noch Schemen von den Umrissen schwarzer Türme. Und selbst diese verblassten nach meinem Erwachen sehr schnell, sodass ich ihnen zu diesem Zeitpunkt keine weitere Bedeutung beimaß.

Wenige Stunden später erreichten wir den Busbahnhof im Stadtkern von Newburyport, von wo aus ich mich direkt zur ersten der beiden Adressen aufmachte, die ich von Woodmore erhalten hatte. Das Antiquariat war ein kleines Haus aus roten Ziegeln, das versteckt zwischen mehrstöckigen Warenhäusern schnell übersehen wurde, wenn man nicht danach suchte. Dem kleinen Messingschild an der Tür zufolge war ein gewisser Titus Jesper der Inhaber. Dieser begrüßte mich sogleich mit einer Mischung aus Freude über einen potentiellen Kunden und Ärger über seine gestörte Ruhe und stellte sich vor. Seiner Reaktion auf mein Eintreten nach, rechnete er am späten Nachmittag nicht mit Kundschaft. Als ich den Laden betrat hatte er gerade, eine winzige Brille auf der Nase, an seinem Tresen gestanden und ein großformatiges, augenscheinlich sehr altes Buch so intensiv untersucht, dass er mit den Gläsern seiner Brille die Seiten förmlich zu berühren schien. Erschrocken starrte er mich an, beinahe so, als sei es absurd, dass jemand seinen Laden betrat. Allerdings fasste er sich schnell wieder und begrüßte mich mit einem ehrlichen Lächeln. Nachdem ich mich vorgestellt hatte, führte er mich zu einer kleinen Anordnung von einem Tisch und nicht dazu passenden, aber einladenden Stühlen und schenkte mir eine Tasse Kaffee ein. Während er staunend die Liste der Bücher studierte und immer wieder anerkennend, aber zusammenhangslos zu murmeln begann, sah ich mich im Antiquariat des alten Mannes um und entdeckte zahlreiche Bücher mit Titeln, die entweder auf der Liste standen oder aufgrund der sonderbaren Betitelung verboten gehörten. Es dauert eine ganze Weile, bis Jesper wieder von der Liste aufblickte, doch dann sah ich in ein aschfahles Gesicht und in einen panischen Blick, der ein so starkes Entsetzen in sich trug, das ich rückwärts stolperte und einen Stapel Bücher umstieß. Auf meine Nachfrage hin, was ihn so verstört habe, antwortete Titus Jesper keuchend, dass er noch niemals in seiner langen Laufbahn all diese Titel in derselben Liste gesehen habe. Viele der Bücher seien ein kleines Vermögen wert, andere wiederum seien gebrandmarkt und verboten worden. Wieder andere, und als er weitersprach, senkte er die Stimme, als könne uns jemand belauschen, enthielten Beschwörungsformeln und Zaubersprüche für das schrecklichste Gezücht, dass ich mir vorstellen könne. Die schlimmsten jedoch seien diejenigen, die mit der Selbstverständlichkeit von Schulbüchern über eine dunkle Vergangenheit, eine verfallene Welt jenseits aller historischen Aufzeichnungen sprechen würden. Er sprang mit einer Flinkheit vom Stuhl auf, die ich dem alten Mann nicht zugetraut hätte, lief in seinem Laden umher, wühlte in diversen Bücherstapeln, die keinem mir bekannten Ordnungssystem zu unterliegen schienen und kam mit einem Arm voller augenscheinlich unsagbar alten Büchern und Folianten wieder zum Tisch. Jedes einzelne legte er mir vor, schlug es gezielt auf und fuhr mit seinen Fingern über die jeweilige Seite als wolle er mit etwas beweisen. Allerdings vollzog sich dieser Vorgang in einer derartigen Geschwindigkeit, dass ich ihm kaum folgen konnte. Das erste Buch, dass er vor mir aufschlug, zeigte ein persisches Mosaik, dass sowohl Menschen als auch sonderbare andere Wesen oder Pflanzen zeigte. Bevor ich jedoch weitere Details betrachten konnte, entriss er mir das Buch wieder und legte mir ein weiteres vor. Die Seiten zeigten mir eine Schrift, zumindest glaubte ich, dass es eine sei. Jesper erklärte mir, dass es sich dabei um die dem Sanskrit sehr ähnliche Keilschrift der Hethiter handele und wie das vorangegangene Mosaik Informationen über eine bestimmte große Rasse beinhalte, deren Namen er mit Yith aus der sonderbaren Schrift herauslas. Noch bevor ich ihn in seinem Rausch unterbrechen konnte, verschwand auch die hethitische Keilschrift und ein großformatiges Druckwerk mit großen, merkwürdigen Zeichen, die noch weniger den Gedanken an eine Schriftsprache aufkommen ließen, als alles andere bisher. Die Keilschrift der Akkader, klärte mich der Antiquariat auf. Verständnislos schüttelte ich den Kopf und erkundigte mich, was genau er mit dieser Präsentation bezwecken wollte. Er erklärte, dass dies Schriften seien, auf die Bierce zwangsläufig gestoßen wäre, wenn er nicht an der Sprachbarriere gescheitert wäre. Allein anhand der von mir mitgebrachten Liste hatte Jesper das Thema eingrenzen können und einige der Notizen, die ich im Apartment des Jungen gefunden und mitgebracht hatte, gewährten dem Antiquariat weiteren Einblick in die Gedankenwelt des Jungen. Während er mir Kaligrafien der Khmer vorlegte und auch dort Parallelen zu den Yith herstellte, die ich nicht nachvollziehen konnte, erklärte er mir, dass er anhand der Notizen das übergeordnete Ziel von Bierce insoweit eingrenzen könne, dass er auf der Suche nach einer bestimmten Niederschrift viele der äußerst seltenen und teilweise einzigartigen Werke angehäuft habe. Jesper äußerte sogar, dass er eine Vermutung habe, welches Werk der Junge konkret gesucht habe, doch diese noch nicht aussprechen wolle. Stattdessen kehrte er mit seinen

Ausführungen stets wieder zu jener alten Rasse zurück. Ich nannte das Necronomicon, als das einzige sagenumwobene Buch, dass mir in diesem Moment in den Sinn kam, doch Jesper tat meine Vermutung mit einer wegwerfenden Handbewegung ab. Immer wieder lobte er den Jungen, diesen oder jenen bestimmten Schluss gezogen zu haben und, dass er dieser alten Rasse wirklich sehr nah gekommen sei. Näher, als jeder zuvor. Und, diese Bemerkung ließ mich innerlich zusammenfahren, näher, als die Yith es normalerweise zulassen würden. Wiederholt erkundigte er sich danach, ob es eine Zusammenfassung der Aufzeichnungen des Jungen gäbe und ob er diese sichten dürfe. Und während ich erwägte, welche Antwort ich ihm geben sollte, legte er mir ein Buch nach dem anderen vor. So erläuterte er mir das Auftauchen der großen Alten in der Mythologie der Assyrer, der Sinhala, der Phönizier, der Veden und im Grunde jeder anderen Kultur, über welche in der traditionellen Geschichtsschreibung Aufzeichnungen vorlagen. Die Redseligkeit des alten Mannes änderte sich schlagartig, als ich ihm offenbarte, dass Jakob Bierce unter mysteriösen Umständen ums Leben gekommen war. Ich hatte gerade noch genug Zeit, die mitgebrachten Unterlagen einzusammeln, bevor mich Jesper höchst unfreundlich des Ladens verwies. Ich solle nicht mehr tiefer graben, wenn ich nicht beabsichtige, das Schicksal des Jungen zu teilen. Verdutzt stand ich vor der Tür des Antiquariats und sah zu, wie sie ins Schloss fiel und anschließend verriegelt wurde. Es bliebt nicht einmal mehr Zeit, Jesper zu fragen, nach welchen Buch der Junge gesucht hatte.

Ich war sehr verwirrt über die Reaktion von Titus Jesper und es gelang mir nicht, ihn dazu zu bewegen, die Tür wieder zu öffnen und das Gespräch fortzusetzen. Sein plötzlicher Wandel zeugt aber davon, dass sich jemand durch die Nachforschungen, die der junge Bierce betrieben hatte, bedroht fühlte und, dass Jesper eine Vorahnung davon haben musste, dass es sich um gefährliches Terrain handelte. So gefährlich, dass selbst er als jemand, der nur peripher mit der Angelegenheit zu tun hatte und wohl kaum direkt mit dem Fall Bierce in Verbindung gebracht werden konnte, um Sanktionen fürchten musste, wenn er zu viel von dem offenbarte, was er offensichtlich zu wissen schien. Auf dem Weg zum Bahnhof kehrte ich beim lokalen Postamt ein und telegrafierte Professor Bierce, dass meine Reise zwar nicht den erhofften Erfolg gebracht, aber durchaus wichtige Informationen geliefert hatte. Welche Informationen dies genau seien, würde ich zwar erst noch herausfinden müssen, aber das Gespräch mit dem Antiquar hatte mich auf eine wichtige Spur gebracht. Eventuell hatte Bierce sich seiner Mutter etwas bereitwilliger und offener anvertraut, als seinem Vater. Vielleicht, zumindest hegte ich die stille Hoffnung, hatte er mit ihr sogar über seine Nachforschungen gesprochen.

Während meines Wegs entlang der Hauptstraße von Newburyport, vorbei am Stadtplatz und dem Busbahnhof hatte ich des Öfteren das Gefühl, von einer Gestalt im schwarzen Mantel verfolgt zu werden. Allerdings gelang es mir nicht, diesen Eindruck wirklich zu bestätigen, da die Gestalt jedesmal verschwunden war, wenn ich mich in einem Hauseingang oder einer Seitenstraße verbarg, um ihr aufzulauern. Schließlich verwarf ich diesen Plan und entschied mich stattdessen dafür, dass mich mein mutmaßlicher Verfolger im Gewirr auf dem Bahnhof und schließlich auf dem Bahnsteig höchstwahrscheinlich aus den Augen verlieren würde. Und doch blieb ein fades Gefühl der Ungewissheit, dass sich erst legte, als ich in meinem Abteil platzgenommen hatte und der Zug sich in Bewegung setzte, ohne dass ich meinen Verfolger ein weiteres mal gesehen hatte.

Der Nachtzug nach Aylesbury war kaum gefüllt, sodass ich der einzige Fahrgast in meinem Abteil war. Anfangs blätterte ich noch gedankenverloren durch die Unterlagen, die ich mit mir führte, doch schon bald verlor sich mein Blick in der nächtlichen Landschaft, die vor dem Fenster vorbeizog, bevor mich die Müdigkeit überkam. Meine Träume waren ungeordnet und verwirrend, wobei immer wieder Andeutung der schemenhaften Umrisse dieser riesenhaften, schwarzen, in Dunkelheit gehüllten Gebilde auftauchten. Auch, wenn es wie in den letzten Nächten nur Spuren waren, die sich durch die Träume zogen, waren sie dieses Mal jedoch so konkret, dass ich mich später daran erinnern sollte und sogar in der Lage war, eine Skizze der Objekte aus meinen Träumen anzufertigen. Diese Träume suchten mich erst heim, seitdem ich mit dem Fall Bierce betraut war und sickerten dickflüssig wie Blut in mein Unterbewusstsein. Ich beschloss, diese Gedanken in Aylesbury mit ein paar Flaschen Bier endgültig zu ertränken, um mich auf das vor mir liegende Gespräch mit der Gattin von Professor Bierce konzentrieren zu können. Eine tiefe Erleichterung erfüllte mich, als mehrere Stunden später der Zugbegleiter mich aufweckte und verkündete, dass wir Aylesbury erreicht hatten. Auch, als ich den Zug verließ, hielt ich aufmerksam Ausschau nach dem Mann in Schwarz, konnte ihn jedoch nirgendwo entdecken.

Aylesbury war nur Geringfügig größer als Newburyport und der Bahnhof sehr zentral gelegen, sodass ich das Sanatorium innerhalb von weniger als einer halben Stunde mit einem Taxi erreichte. Da ich nicht wusste, wie lange das Gespräch mit Lady Bierce dauern würde und ob es gegebenenfalls einen Folgetermin geben würde, beschloss ich, die Fahrkarte für die Rückreise am nächsten Tag zu erwerben und in Aylesbury zu übernachten, sofern es erforderlich sein sollte. Der Taxifahre empfahl mir eine kleine Pension, die unweit des Sanatoriums lag und für mich notfalls auch per Pedes erreichbar wäre.

Das Sanatorium war ein für diese Bezeichnung erschreckend schlichtes Gebäude, dass eine halbe Stunde in nördlicher Richtung außerhalb der Stadt auf der Kuppe eine Hügels inmitten eines kleinen Wäldchens. Es handele sich um das ehemalige Herrenhaus eines Holzbarons, der eine Generation zuvor ironischer Weise dem Wahnsinn verfallen war, erklärte mir der Taxifahrer. So wurde das Haus wegen der hohen Schulden des Unternehmers versteigert und letztendlich zu einer Heilanstalt für geistig Kranke umgebaut. Der derzeitige Leiter, ein Doktor Trenton Overstreet, war ein enger Freund von Professor Bierce und hatte auf dessen Bitten hin Jakobs Mutter aufgenommen, als sie aufgrund des Todes ihres Sohnes in ein tiefes Delirium verfiel. Damit es jedoch nicht zu Rufschäden und Gerede kommt und um seine Frau zu schützen, hatte Bierce sie nach Aylesbury bringen lassen. Bei Nacht und Nebel und unter falschem Namen. Bei unserem Treffen in seinem Haus schien Bierce regelrecht stolz darauf zu sein, dass ihm eine solche Vertuschung gelungen war.

Das Taxi steuerte die geschotterte Einfahrt des Anwesens hinauf. Die umgebenden Hecken und Bäume waren ordentlich gestutzt, der Rasen sauber gemäht, was den geordneten Eindruck der gesamten Anstalt noch verstärkte. Vor dem Haupteingang hielt das Fahrzeug und ich bezahlte den Fahrer, wobei ich auf sein Angebot verzichtete, dass er wartete, bis ich meine Geschäfte erledigt hatte. Ein kleiner Spaziergang würde mir gut tun.

Durch das überdimensionierte Portal, welches mich an das der großen Bostoner Kirchen erinnerte, betrat ich eine prunkvoll eingerichtete Eingangshalle, die nicht den

Eindruck vermittelt, dass ich inmitten eines Sanatoriums stand. Der Aufenthalt hier, wahrscheinlich ebenso so diskret wie kostspielig, schien mit dem in einem guten Hotel vergleichbar zu sein. Ich hatte gerade genug Zeit, den Blick einmal über die Einrichtung wandern zu lassen, da wurde ich auch bereits von einem Pförtner in einer entsprechenden Uniform begrüßt. Ich bat direkt und ohne Umschweife darum, ein Gespräch mit Doktor Overstreet führen zu dürfen und erwähnte dabei, scheinbar beiläufig, dass das Gespräch sich um die Patientin aus Arkham drehen würde. Der Bedienstete deutete auf eine Sitzgruppe und bat mich zu warten, machte auf der Stelle kehrt und eilte davon.

Wenige Minuten später trat mir ein gut gekleideter, älterer Mann in einem weißen Kittel entgegen, der sich als Doktor Trenton Overstreet vorstellte. Flankiert wurde er von zwei weißgekleideten Pflegern, von denen jeder ihn um mindestens einen Kopf überragte. Die, durch seine über die Maßen höfliche Vorstellung sehr freundliche Gesprächsatmosphäre kollabierte sofort, als er mich leise, aber direkt anfuhr. Es sei bereits vor einigen Stunden ein Privatermittler im Auftrag von Professor Bierce vor Ort gewesen, um den Zustand der Gattin sicherzustellen. Dieser schwarzgekleidete Mann, an dessen Gesicht sich weder der Professor, noch einer der Bediensteten erinnern konnte, mit denen er gesprochen hatte, habe sich als Ermittler ausgegeben. Er handele im Auftrag des Professors und solle sich nach dem Zustand der Gattin erkundigen. Doktor Overstreet hatte ihm nicht geglaubt und sich deshalb telefonisch bei seinem alten Freund darüber versichert, dass dieser gegenwärtig wirklich einen Ermittler beauftragt hatte. Als Bierce ihm diesen Umstand bestätigt und darüber hinaus erlaubt hatte, dass dieser ominöse Ermittler, wenn auch kurz, seine Gattin befragte, gewährte Overstreet ihm den Zugang zu seiner Patientin.

An der Befragung, die in der Tat nur wenige Minuten gedauert hatte, war aus Gründen der Geheimhaltung kein Personal des Sanatoriums beteiligt. Der Mann habe nach dem Gespräch das Sanatorium ohne weitere Umwege wieder verlassen. Als man Mrs. Bierce zurück auf ihr Zimmer bringen wollte, stellte man fest, dass nicht mehr ansprechbar war und auf äußere Einflüsse mit höchster Gewaltbereitschaft reagierte und zwei Pfleger bereits schwer verletzt hatte. Es hatte die Notwendigkeit bestanden, sie ans ihr Bett zu fesseln, um sie selbst und andere vor weiteren Verletzungen zu bewahren. Unter keinen Umständen wäre es möglich, mich zu ihr zu bringen oder mir zumindest die Möglichkeit zu geben, sie zu sehen. Ferner würde Doktor Overstreet einen ausführlichen Bericht verfassen, damit Bierce seinen Ermittler für die, wohl irreparablen, Schäden, die Mrs. Bierce erlitten habe, zu Rechenschaft ziehen konnte. Immer wieder Betonte der Doktor, dass es unverantwortlich sei, einem bereits vom Schicksal gezeichneten Mann wie Bierce seine letzte Stütze im Leben zu nehmen.

Mit diesen Worten geleiteten mich die beiden Pfleger bis zum Haupttor des Sanatoriums und gaben mir, wenn auch nicht direkt, dafür unmissverständlich zu verstehen, dass es meiner Gesundheit nicht zuträglich wäre, wenn ich mich erneut auch nur in der Nähe der Anlage blicken ließe.

So machte ich mich zu Fuß zurück ins Zentrum von Aylesbury, um in der Pension einzukehren, die mir der Taxifahrer empfohlen hatte. Eine solche Entwicklung hatte ich nicht vorhersehen können. Am kleinen Schanktresen der Pension genehmigte ich mir einen Scotch und sinnierte über die Situation. Es würde schwer genug sein, Professor Bierce zu erklären, dass nicht ich es war, der für die Verschlimmerung des Zustandes seiner Frau verantwortlich war. Auch, wenn ich die Lösung des Falles nicht im Sanatorium von Doktor Overstreet vermutet hatte, hatte ich mir durchaus die eine oder andere weiterführende Information über den jungen Bierce erhofft.

Viel wichtiger war jedoch, dass ich mich in Newburyport nicht getäuscht hatte und es jenen dunklen Verfolger tatsächlich gab. Er war mir sogar zuvorgekommen. Wahrscheinlich hatte er ebenfalls in Erfahrung gebracht, wohin Bierce seine Frau hatte bringen lassen und war direkt von Newburyport nach Aylesbury gereist. Vermutlich hatte er Mrs. Bierce dann kurz vernommen und anschließend mit starken Drogen in den von Doktor Overstreet beschriebenen Zustand getrieben. Ich bestellte einen weiteren Scotch. Mein guter Ruf würde meinem Wort gegenüber dem Professor Glaubwürdigkeit verleihen, davon war ich überzeugt.

Während ich bei geöffnetem Fenster auf dem Bett lag und die restliche Flasche Scotch leerte, stellte ich fest, dass die Lösung dieses Falles sich im Tresor des Jakob Bierce befand und ich aus diesem Grund am nächsten Tag mit dem ersten Zug nach Arkham zurückreisen musste, um noch vor Furlington und seinen Spezialisten aus Boston den Panzerschrank öffnen musste Sonst, da war ich sicher, würden erneut wichtige Beweise, spurlos in den Tiefen der Bürokratie verschwinden. Würde auch diese Spur sich als Kalt herausstellen, würde ich den Fall abschließen und damit hoffentlich das allgegenwärtige Unbehagen, dass diese Angelegenheit inzwischen in mir auslöste, hinter mir lassen. Von Professor Bierce würde ich natürlich kein Honorar verlangen und diesen Kratzer an meinem Ruf in Kauf nehmen müssen. Während ich darüber nachdachte, warum gerade mir dieser sonderbare Fall zugetragen worden war, blickte ich aus dem geöffneten Fenster über die Dächer der kleinen Stadt, nicht gedankenverloren, wie es vielleicht den Anschein haben mochte, sondern suchend. Ich suchte die Umgebung nach jenem schwarzgekleideten Mann, doch konnte ihn nirgends entdecken. Stattdessen griff nur wieder das unbehagliche Gefühl nach mir, dass ich derjenige war, der beobachtet wurde. Die Straßen waren leer, weit und breit konnte man nicht eine Menschenseele ausmachen und doch schien es, als wären dutzende Augen gleichzeitig auf mich gerichtet. Dasselbe Gefühl, dass mich bereits auf dem Anwesen der Bierce heimgesucht hatte war scheinbar mein ständiger Begleiter geworden. Ich verschloss das Fenster und vergewisserte mich, dass sowohl die Tür, als auch das Fenster mit Riegeln gesichert waren. Diese Nacht wurde sehr lang und ich fand beinahe gar keinen Schlaf. Wenn ich kurz eindöste, dann nur, um mich in den sonderbaren Träumen wiederzufinden, die mich in der letzten Zeit quälten. Mal waren sie trotz ihrer unwirklichen Natur detailliert und greifbar und mal waren sie wieder die undeutlichen Schemen aus der ersten Nacht. Immer waren es jedoch die schwarzen Türme, die ich erkennen konnte. Sobald die ersten Sonnenstrahlen durchs Fenster fielen, brach ich auf, froh, dass die Nacht endlich vorbei war.

Auf dem Rückweg nach Arkham machte ich erneut Station in Newburyport und sollte bei einem erneuten Besuch das Antiquariat des Titus Jesper verschlossen und verlassen vorfinden. Die Inhaber der Läden in der Nachbarschaft konnten allerdings keine Aussage dazu treffen, wohin der alte Mann gegangen war und aus welchem Grund er die kleine Stadt verlassen hatte. Auch ein Besuch auf der örtlichen Polizeiwache und meine Erkundigung danach, ob der alte Mann eventuell einem Verbrechen zum Opfer gefallen war, war erfolglos. Hatte ich durch mein Nachfragen Jesper bereits so tief mit in die

Dunkelheit gezogen, dass sie ihn ebenfalls ausgeschalten hatten? Wenn das tatsächlich der Fall war, mussten sie mich verfolgt haben. Bereits in Arkham, denn woher hätten sie sonst von meiner Reise wissen können? Selbst Professor Bierce hatte erst durch das Telegramm aus Newburyport davon erfahren. Eventuell hatte der alte Buchhändler aber auch einfach das Weite gesucht, weil ganz andere Gründe ihn dazu veranlasst hatten, er zum Beispiel verschuldet und auf der Flucht vor Gläubigern gewesen war? Allerdings fehlte mir die Zeit, mich weiter mit dem alten Buchhändler auseinanderzusetzen. Es war zu wichtig, dass ich Arkham erreichte, bevor Furlington den Tresor öffnen konnte. Er würde es mit Gewalt versuchen, wenn ihm das entsprechende Personal erst einmal zur Verfügung stand. Demnach musste ich ihm zuvorkommen.

Unmittelbar nach meiner Ankunft in Arkham und noch in derselben Nacht verschaffte ich mir gewaltsam Zutritt in das Wohnheim und das Apartment des jungen Bierce. Neben einer Flasche Scotch hatte ich kein Werkzeug mitgeführt, da ich fest davon überzeugt war, dass Bierce die Kombination für den Tresor in seinen Aufzeichnungen verborgen hatte. Immer und immer wieder sagte ich mir die sich fortwährende wiederholende Zeichenfolge laut vor und nahm zwischen den Buchstaben und Ziffern jeweils einen tiefen Schluck Scotch. Anfangs versuchte ich noch, mir bekannte Verschlüsselungssysteme auf die Sequenz anzuwenden, geriet damit jedoch bald in eine Sackgasse und verwarf den gesamten Gedanken. Mein Blick schweifte über einen Stapel der Bücher, die Bierce in seiner Kammer gehortet hatte. Irgendwo zwischen den tausenden und abertausenden Seiten musste der Schlüssel verborgen sein. Langsam verließ mich der Mut, denn mir wurde klar, dass Jakob Bierce ein verängstigter Mensch gewesen war, dessen größte Angst die Entdeckung durch seine Feinde und die Vernichtung seiner Arbeit war. Resigniert sank ich mit dem Rücken am Panzerschrank lehnend auf den Boden. Sollte ich am Ende an den mehreren Zoll starken Stahlplatten dieses Geldschrankes scheitern, weil ich nicht in der Lage war, die Verschlüsselung eines Studenten zu knacken? Gedankenverloren drehte ich eine der blauen Banderolen, die noch den gesamten Fussboden zu bedecken schienen. Ich verschluckte mich an dem nächsten Zug, den ich aus der Flasche nehmen wollte, denn auf einmal lag die Lösung vor mir. Überall über den Boden verstreut. Die Anschrift auf den blauen Seifenbanderolen ergab die Kombination und der Pfeil wies die Richtung.

Mit zittrigen Fingern stellte ich die Kombination ein und hielt vor Aufregung den Atem an, bis das gleichermaßen bestätigende wie befreiende Klacken des Schließmechanismus die Stille zerriss.

Mit einem leisen mechanischen Geräusch glitt die stark lädierte, aber exquisit verarbeitete Tür auf und gab den Schatz des Jakob Bierce frei. Ein sorgfältig handgebundenes Kompendium mit Ledereinband und einen Umschlag, der, gemessen an dem Gewicht, ein gutes Dutzend Seiten enthalten musste. Aus Gründen der Vollständigkeit, denn ich denke, dass das furchbare Bild, dass sich in dieser Angelegenheit abzeichnet so am deutlichsten gezeigt wird, und um den traurigen Niedergang des Doktor Jakob Bierce wirklich lückenlos nachvollziehbar zu machen, werde ich den Abschiedsbrief des jungen Akademikers in seiner vollen Länge und ungekürzt an dieser Stelle wiedergeben:

Mein Name ist Jakob Bierce. Doktor Jakob Bierce, wem man es genau nimmt. Ich habe jedoch niemals wirklich großen Wert auf Titel und Namen gelegt. Im Gegenteil.

Und jetzt, da ich, zumindest in dem Rahmen, der einem gewöhnlichen Menschen zuteil wird, und das ist nicht mehr, als ein Tropfen der Erkenntnis im Ozean des Unbekannten, dies erfassen kann, zweifle ich daran, dass solch weltliche Formalitäten überhaupt jemals von Bedeutung gewesen sind.

Ich schreibe diese Zeilen im Besitz des letzten Restes meiner bröckelnden, geistigen Integrität, hoffend, dass ich, sollten sie denn jemals von jemandem gelesen werden, tot sein werde. Viel wahrscheinlicher ist jedoch, dass ich, von Drogen und Anästhetika gewaltsam in Morpheus Arme getrieben, an eines der schmutzigen und abgenutzten Metallbetten des Arkham Sanatoriums gefesselt sein werde. Die Klarheit meines Verstandes verlässt meinen Körper wie Wasser ein Sieb. Und so bleibt mir nur noch einmal die Hoffnung zu unterstreichen, dass mein lebloser Körper am Ende eines Strickes hängend gefunden werden wird, denn verglichen mit der ebenso grauenvollen wie unfassbaren Wahrheit, die ich erkennen musste, erscheint mir der Tod beinahe so verlockend, wie ein weiches Bett nach einer langen Wanderung. Blickt man über die Grenze meines Schicksals hinweg, erblickt man das Schicksal der gesamten Menschheit, über dem eine namenlose, undefinierter Bedrohung prangt, wie das alles verschlingende, letzte Unwetter über dem einsamen Dorf. Dadurch wirkt das Ende der eigenen weltlichen Existenz wie eine Belohnung.

Um meine geistige Degeneration verstehen zu können, ist es von eklatanter Notwendigkeit, den zeitlichen Verlauf, angefangen mit meinen ersten Schritte auf der Treppe hinab in die Dunkelheit des Ungewissen, nachzuvollziehen. Ich werde daher versuchen, ihn in den folgenden Zeilen so lückenlos und detailliert zu schildern, wie es mir möglich ist, denn meine geistige Klarheit flackert nur noch unregelmäßig auf, wie eine Kerze vor dem offenen Fenster in einer stürmischen Herbstnacht. Ich werde versuchen, die Reihenfolge der zeitlichen Abläufe so gut es mir möglich ist, zu rekonstruieren. Ob es mir letztlich gelingen wird, kann am Ende nur der Leser dieser Zeilen selbst entscheiden. Für mich hat die Zeit in ihrer vergänglichen, vermenschlichten Form jedwede Bedeutung verloren. Folglich ist es schwer für mich, die Dauer und die Zeitpunkte von Ereignissen zu bestimmen, über die ich nicht Buch geführt habe. Doch beginnen wir am Anfang der Geschichte.

Am 16. Juli 1929 schrieb ich mich im Alter von neunzehn Jahren auf Drängen meines Vaters in den Studiengang der Wirtschaftswissenschaften auf der Miskatonic Universität ein. All die akademischen Gebaren, Hierarchie und Regularien, mit denen ich bereits aufgewachsen war und die auch über die Grenzen meines Elternhauses hinaus beinahe ein familiäres Kredo darstellten, waren mir jedoch schon immer zu wider. Wahrscheinlich äußert sich in dieser Abneigung bei mir eine unterbewusste Rebellion gegen meinen Vater, den ehrwürdigen Professor Damien Philipp Bierce, der mir das akademische Denken mit in die Wiege gelegt hat und gegen aufzubegehren ich niemals gewagt hätte. Genau wie mein Vater promovierte ich nach einem erschreckend mittelmäßigen Studium ohne die Miskatonic University zu verlassen. Um ehrlich zu sein waren es vor allem die Verbindungen meines Vaters, die es mir überhaupt ermöglichten, meine akademische Laufbahn fortzusetzen, nachdem ich mehr schlecht als recht das Grundstudium absolvierte. Neben der überaus raschen Auffassungsgabe habe ich das analytische Denken von meinem Vater geerbt. Diese Kombination war es, die mir die Möglichkeit gab, mit einem minimalen Zeitaufwand beinahe passable, studentische Leistungen zu erbringen. Sehr zum Leidwesen meines

Vaters verwandte ich diese Eigenschaften jedoch nicht darauf, wie er in sämtlichen Themengebieten der Wirtschaftswissenschaften zu brillieren, sondern auf meine wohl am stärksten ausgeprägte Charaktereigenschaft: eine tief in meinem Innersten verwurzelte Neugier. Diese Neugier ist von so tiefgreifender Natur, dass sie, solange ich nicht in der Lage bin, sie durch Recherche und Information nachhaltig zu stillen, sie ein so starkes Unbehagen in mir auslöst, dass es mich mittelfristig krank macht, indem sie mir den Schlaf raubt oder mir das Essen beinahe unmöglich macht. Somit ist es nicht die Universität und die Bildung als solche, die ich, wie eingangs erwähnt, verabscheue, sondern es sind die immerfort schwelenden Macht- und Grabenkämpfe, die der großen Hochschulpolitik und die der geheimen Bruderschaften, die mich abstoßen, indem sie meine schreckliche Neugier wecken, beflügeln, nähren und auch quälen.

Schon im ersten Semester erkannte ich sehr schnell und sehr schmerzhaft, dass man als unbefleckte Seele zwischen zu viele Fronten geraten kann, als dass man sie überschauen könnte. So verbrachte ich mein Studium damit, meine Rebellion und meine Abneigung gegen dieses System der okkulten Politik unter dem Deckmantel der Strebsamkeit auszuleben und mich in meinem kleinen Wohnheimzimmer zu verbergen, was mich zu einem ganz passablen Studenten gemacht hat, der vor allem dadurch auffiel, durch nichts aufzufallen, in dem jedoch die Saat des Verderbens zu keimen begann.

Mit einigen kleinen Ausnahmen habe ich mein gesamtes Leben in Arkham verbracht, und damit mehr unbewusst als bewusst, genau den Weg eingeschlagen, den mein Vater für mich vorgesehen hatte und der mir jetzt schrecklich bedeutungslos erscheint.

Meine Vorliebe für alte Bücher und ihr enthaltenes Wissen war etwas, dass nicht erst mit Beginn meines Studiums geboren wurde, sondern vielmehr etwas, dass in einem tiefen Schlaf gelegen und nur darauf gewartet hatte, sich zu erheben. Bereits mit jungen Jahren stöberte ich in der Bibliothek meines Vaters und handelte mir für so manche, seiner Meinung nach vorlauten Fragen, eine Tracht Prügel ein. Dementsprechend früh entdeckte ich meine Leidenschat für die Bibliothek der Miskatonic Universität. Obgleich ich mich eigentlich auf die Inhalte meines Studiums konzentrieren sollte, schweifte mein Interesse immer öfter immer weiter ab, um meinen immerwährenden Wissensdurst zu stillen. Folglich suchte ich Gespräche zu Professoren oder Kommilitonen älteren Semesters der Naturwissenschaften und der Geisteswissenschaften. Manches Mal schien es mir, als würde ich durch dieses Vorgehen die Antwort auf eine Frage suchen, die ich noch nicht kannte. Durch die intensiven Gespräche erwarb ich einen auf dem Campus unrühmlichen Ruf, weshalb ich mich immer weiter von den übrigen Studenten distanzierte und mein Seelenheil in der Bibliothek suchte. Oft verbrachte ich ganze Tage, die ich eigentlich auf die Recherche für eine Abhandlung oder einen Vortrag hätte verwenden sollen, damit, die historischen und anthropologischen Sektionen des gewaltigen Gebäudes südlich des Hauptcampus zu erkunden. Oft brachte mich mein geheimes Studium um den Schlaf. Unzählige Nächte verbrachte ich mit dem noch sehr ungestümen und wenig strukturierten Studium von alten Folianten und Dokumenten und verlor mich in den Arbeiten von Clifford, Tradeux und Möln. Damit begann eine Suche nach etwas, dass ich zum damaligen Zeitpunkt nicht in Worte zu fassen, ja, nicht einmal mir vorzustellen vermochte. Wenn ich es genau betrachte, war es jedoch nicht eines der okkulten Meisterwerke, das mein Bestreben um die Suche nach der Wahrheit, nach der tieferen

Bedeutung hinter der Welt, die uns umgibt, begründet, sondern viel uns unspektakuläreres.

Es muss etwa kurz vor Ende des zweiten Semesters gewesen sein, als ich im Pressearchiv der rund vierhundertfünfzigtausend Bände fassenden Bibliothek auf die Geschichte des Professors Nathaniel Peasle und seines bis heute nicht vollständig geklärten Zusammenbruchs aufmerksam wurde. Am meisten faszinierte mich an dieser Geschichte, die vor fünfzehn Jahren ihren Anfang nahm, jedoch die mysteriöse Entwicklung in den auf Peasle's Zusammenbruch folgenden Jahren, welche durch die Presse mehr als hinreichend dokumentiert wurde. Auch die Publikationen seines Sohnes, Professor Wingate Peasle, basierend auf den Tagebüchern und den besorgniserregenden Expeditionsaufzeichnungen des Vaters, fesselten mich mehr als eine Nacht an den Schreibtisch, um die Geschehnisse bis ins letzte Detail nachzuvollziehen. Es erfüllte mich mit einer trotzigen Unzufriedenheit, als ich mir eingestehen musste, dass diese Nachforschungen in Ermangelung lebendiger Zeitzeugen - Wingate war 1926 bei einem genauso tragischen wie nicht vollständig aufgeklärten Unfall ums Leben gekommen – immer in diese beengte Sackgasse führen und die Frustration deshalb ins unermessliche Wachsen würde. Heute weiß ich, dass diese Sackgassen, diese abrupten Beendigungen der Aufzeichnung und der Verbleib der Wahrheit im Nebel des Ungewissen, ein Segen für die Menschheit ist. Und, dass dies der Zeitpunkt in meinem Leben gewesen ist, an dem ich mich für die Wahrheit und damit letztendlich auch für den Wahnsinn entschieden habe. Was würde ich dafür geben, diese Entscheidung jetzt noch einmal treffen zu dürfen.

Jedesmal, wenn diese für einen jungen Geist nicht sehr zuträgliche Vorliebe zu entschlafen drohte, fasste ich durch die aufmunternden Worte von Professor Henry Armitage, dem Chefbibliothekar der Miskatonic Universität, neue Zuversicht. Oft genügte eine schnippische Bemerkung des alten Mannes oder eine geschickt platzierte Frage, um mich über Wochen von meinen Pflichten als Student abzuhalten. Professor Armitage ermutigte mich fortwährend aufs Neue, den Mut aufzubringen, um über den Tellerrand der Schulwissenschaften hinaus zu blicken. Er sprach davon, in meinen Augen dasselbe Feuer für verborgenes Wissen zu erkennen, dass auch in ihm lodern würde und dass die Rastlosigkeit, die mich kontinuierlich veranlasste, meine unbestimmte Suche fortzusetzen, sich auf keinen Fall durch das Lesen einfacher Bücher lindern ließe.

Ermutigt durch die Einsicht und das Verständnis des alten Professors erkundigte ich mich nach den **Pnakotischen Manuskripten**, die gerade in den Schriften von Tradeux des Öfteren im Verborgenen und obskure Art und Weise, für den oberflächlichen Leser unsichtbar, Erwähnung gefunden hatten und die wie ein halbverfallener, von Pflanzen fast vollständig verschlungener Wegweiser zum erhofften Ziel aus den alten, vergilbten Seiten zu leuchten schienen. Niemand vermochte zu sagen, von wem die aus dem 15. Jahrhundert stammenden Schriften verfasst oder in die dem Menschen verständliche Sprache übersetzt wurden. Da sie nach wie vor als Verschollen galten und lediglich einige fragmentierte Auszüge in den Kreisen von Historikern und Bibliophilen kursierten, deren Echtheit und Herkunft jedoch mehr als fragwürdig war, waren sie beinahe ebenso begehrt, wie das legendäre **Necronomicon** des wahnsinnigen Arabers Abdul Al Hazred. Eine Ausgabe des **Necronomicons** wurde in der Universitätsbibliothek unter Verschluss gehalten und trotzdem es wahrscheinlich das wichtigste okkulte Werk der Menschheitsgeschichte darstellte, würden die

Pnakotischen Manuskripte aufgrund ihres immensen Alters – die Übersetzung stammte zwar aus dem 15. Jahrhundert, der zugrunde liegende Text jedoch war erheblich älter als sämtliche der Wissenschaft bekannten Überlieferungen – Aufschlüsse über die Entwicklung der Welt in Zeiten liefern, die so weit außerhalb der menschlichen Vorstellungskraft liegen, dass selbst im **Necronomicon** nur schemenhafte Andeutungen und wage Vermutungen über die Inhalte der Manuskripte zu finden sind. So ist die Rede von ausführlichen Erzählungen und sogar Karten über K'naa, Ponape, Yhe und sogar das große R'hlye, das mit seinen riesenhaften Bauwerken Zeuge einer Epoche unserer Welt ist, die seit Äonen in den Schatten der Vergangenheit versunken ist. Nacht für Nacht verbrachte ich lesend oder dösend in dieser fremden Welt, die von Tradeux und seinen Zeitgenossen lediglich am Rande oder in Fußnoten behandelt wird. Und mit jeder Nacht des Studiums wuchs mein Verlangen danach, diese unbegreifliche und fremdartige Welt auf die mir bestmöglichste Art und Weise ergründen zu können. Das einzige Mittel, das mir nach meinem Verständnis diesem Ziel ein wenig näher bringen könnte, waren die **Pnakotischen Manuskripte**. Anfangs begleitete mich das undefinierte Verlangen nach diesem Schriftstück nur in meine seltenen Träume. Anfangs.

Mit meinen Erkundigungen nach den Manuskripten und nachdem ich Professor Armitage von meinen Träumen erzählt hatte, nahm eine Reihe von Gesprächen ihren Anfang, die wir darauf verwendeten, die unzähligen Fragen zu erörtern, die sich durch mein Pseudostudium angehäuft hatten. Stets hatte ich dabei jedoch das Gefühl, dass Armitage versuchte, meinen Weg in die Unverständlichkeit zu lenken. Zeitweise verspürte ich jedoch auch die Sorge, er würde mich mit Gewalt in die Fänge des verbotenen Wissens stoßen, wie in einen finsteren Brunnen. Dem entgegen standen dann die Momente, in denen unsere Gespräche sich zu Streitigkeiten entwickelten, da ich der festen Überzeugung war, die Stufen ins Dunkel nicht schnell genug herabsteigen zu können. Im Zuge dieser langen Gespräche begann auch meine Odyssee durch die schreckliche Welt der okkulten Bibliophilie, denn auf der Suche nach Hinweisen auf die **Pnakotischen Manuskripten** führte mich meine Recherche immer weiter in die Tiefen der verborgenen, verlorenen und in den meisten Fällen verbotenen Schriften, die oft meine einzige Verbindung zu den dunklen Zeiten darstellten. War es mir im Falle von Professor Peasle bereits schwergefallen, Zeitzeugen zu finden, die ihr Wissen bereitwillig mit mir teilen wollten – und dieser Fall lag nicht einmal fünfzehn Jahre in der Vergangenheit – war ich bei meiner Suche nach Manuskripten, die vermutlich eintausend mal so alt waren, einzig auf Niederschriften und Dokumentationen als stumme Zeugen angewiesen. So fand ich im Fundus der Bibliothek beispielsweise eine der frühen Übersetzungen von Heinrich Zimmermanns **Gesänge der Dhole** aus dem Jahr 1891. Verborgen in den qualitativ höchst fragwürdigen Minnegesängen des deutschen Dichters zu ehren eines gewaltigen, wurmähnlichen Scheusals. Den unwissenden Lesern wird die innige, beinahe obsessive Zuneigung, welche die Verse Zimmermanns zum Ausdruck bringen, nicht in ihrer Schrecklichkeit bewusst werden und sie werden sich amüsiert über die makaberen Reime und das unpassende Versmaß, dessen sich der Verfasser bediente, zeigen. Viel wichtiger hingegen sind die subtilen, kaum ausdrückbaren Schwingungen des Bösen, aber auch der ein oder andere tief in den verworrenen Zeilen verborgene Hinweis auf Dorstmanns **Die Überreste verschollener Reiche**, das rund neunzig Jahre zuvor durch die katholische Kirche verboten wurde, als Handschrift auf dem europäischen Kontinent kursierte. Dorstmann schien eher versehentlich, als aufgrund eines ausprägten Spürsinns und profunder anthropologischer Kenntnisse, einen für seine Möglichkeiten sehr vollständigen Abriss über die vergangenen Welten verfasst zu haben. Hinreichend fundiert, sodass man das Werk durchaus als Ausgangspunkt für weitere Forschungen verwenden konnte und sich die katholische Kirche durch den Inhalt bedroht gefühlt hatte, allerdings lange nicht ausformuliert genug, insofern dem Inhalt nicht mehr Bedeutung beimessen durfte, als den Versuch eines Halbgelehrten in einer Zeit, in der es als Schick galt, verwerfliche Literatur zu verfassen, eben dieses zu tun.

Aufgrund der Sprachbarriere – des Deutschen war ich nur aufgrund der Vorfahren meiner Mutter ein wenig mächtig – beschloss ich, meine Forschungen über die Grenzen des europäischen Kontinents hinweg auszudehnen. Mein ursprüngliches Vorhaben, nämlich anhand einer möglichst exakten historischen Einordnung und Indizierung der vorhandenen Referenzen den Weg der **Pnakotischen Manuskripte** nachzuvollziehen, musste so allerdings ein wenig in den Hintergrund rücken müssen.

Zu keinem Zeitpunkt gab ich mich jedoch der Illusion hin, jemals auch nur eine Seite dieser Handschrift in meinen Händen halten zu dürfen, aber es erschien mir wie ein Rätsel, dessen ausstehende Lösung meiner krankhaften Neugier schier unendliche Nahrung gab. Parallel zu den Nachforschungen in der Bibliothek begann ich auf Anraten von Professor Armitage mit einem rudimentären Studium der alten Sprachen. Dank meiner raschen Auffassungsgabe und angespornt durch das Feuer der Neugier, war ich schon bald in der Lage, mich ohne Hilfe von Außenstehenden sicher durch Texte, die in lateinischer oder altgriechischer Sprache abgefasst waren, zu bewegen und sie zumindest insoweit zu deuten, dass es mir ein grundlegendes Studium der düsteren Materie ermöglichte. Im nachhinein betrachtet ist es mir unmöglich, das Ausmaß des Schadens am Ruf meiner Familie festzustellen, den ich dadurch anrichtete, renommierte Linguisten der Miskatonic University immer wieder mit der Bitte um die Übersetzung verwerflicher und zweifelhafter Textpassagen aufzusuchen, an denen meine im Vergleich winzigen Kenntnisse der alten Sprachen scheiterten.

Auch investierte ich immer größere Teile des mir von meinem Vater für das Studium zur Verfügung gestellten Vermögens in die Anschaffung von Monografien, die nicht einmal in der Bibliothek der Miskatonic University zu finden waren, auf dem Schwarzmarkt. Professor Armitage war es, der mir die ersten Kontakte zu diesen zwielichtigen Gestalten ermöglichte, sodass ich mich schon bald des Nachts in den finstersten Hinterhöfen Arkhams herumtrieb und wie eine krimineller Taschen mit Bargeld gegen in braunes Papier gewickelte Bücher eintauschte. An dieser Stelle muss ich erwähnen, dass mein Nervenkostüm wohl für solch düstere Machenschaften nicht gemacht ist. Während ich das Bündel fest an die Brust presste, beinahe, als würde ich es mit meinem Körper absorbieren können, schlich ich durch die Schatten Arkhams, mied bewusst die Lichter der Straßenlaternen, weil ich fortwährend das Gefühl hatte, verfolgt zu werden. Es muss Stunden gedauert haben, bis ich meinen Weg durch die nächtliche Stadt zurück zu meinem Apartment im Wohnheim auf dem Campus der Universität gefunden hatte, da ich Umweg über Umweg in Kauf nahm, um wirklich jeden eventuellen Verfolger in den engen Gassen hinter mir zu lassen. Nachdem ich mehrmals überprüft hatte, ob die Tür wirklich verschlossen war, zog ich die Vorhänge zu und löschte alle Lichter bis auf eine einzelne Kerze, um keine Aufmerksamkeit auf mich zu ziehen. Mit zitternden Händen wickelte ich das

Buch aus und verbrachte die restliche Nacht und die kommenden Tage mit einem intensiven Studium des von Reverend Ward Philips verfassten **Thaumaturgical Prodigies in the New-England Canaan**. Auch wenn die Nachdrucke auf den erste Blick nur im Erscheinungsdatum und dem Publikationsort von dem legendären Originaldruck aus 1788 abweicht, wusste ich durch meine intensiven Nachforschungen um das dunkle Geheimnis dieser Version, welches ein wesentlicher Schlüssel für die wahre Bedeutung in Dorstmanns **Die Überreste verschollener Reiche** darstellte. Ich gehe sogar soweit zu sagen, dass dieses Werk vor diesem Hintergrund eine gänzlich neue Bedeutung bekam.

Die Liste der verbotenen Schriften, die sich alsbald in meinem Zimmer stapelten, las sich schon bald wie der Katalog einer kleinen Bibliothek. Da viele der Werke einzigartige Relikte längst vergessener Zeiten darstellen, sah ich mich gezwungen, die letzten Reste meiner Ersparnisse in einen kleinen Panzerschrank und einige weitere Schlösser für die Eingangstür und die Fensterläden auszugeben. Neben Wards **Thaumaturgical Prodigies in the New-England Canaan** und den **Kabalen von Sabboth,** erfüllte mich vor allem eine Originalausgabe des **Saducismus Triumphatus** von Joseph Glennville aus dem Jahre 1681, also nur wenige Wochen, bevor er dem Scheiterhaufen zum Opfer fiel, mit besonderem Stolz. Obgleich es mich meinem Ziel nicht näher brachte, war es doch die erste verbotene und verlorene Schrift, die ich während meiner Suche in den unbeschreiblichen Tiefen der durch den Druck über Jahrhunderte in Sprache konservierten Finsternis aufgespürt hatte.

Auch wenn die neuen Schlösser und der Panzerschrank mir zumindest ein oberflächliches Gefühl der Sicherheit gaben, beschlich mich eine innere Unruhe immer dann, wenn ich mein kleines Archiv längere Zeit verlassen musste. Nach den Vorlesungen kehrte ich deshalb immer unmittelbar in das Wohnheim zurück und vermied längere Aufenthalte an anderen Orten so gut es mir möglich war. Einen konkreten Verdacht hegte ich nicht, obgleich ich manchmal vermutete, des Nachts eine Gestalt auf der anderen Straßenseite in mein Fenster schauen zu sehen, wenn ich vorsichtig den Vorhang zur Seite schob und einen Blick riskierte. Einmal, es war noch ganz am Anfang meiner Forschungen, rannte ich erbost auf die Straße, um den Fremden, der Nacht für Nacht in mein Fenster starrte, zu Rede zu stellen. Als ich jedoch an der Stelle ankam, wo er jede Nacht seiner Spionage nachging, konnte ich keine Spuren feststellen, nicht einmal zertretenes Gras an der Stelle unter der Laterne, an der er gestanden hatte. Seit dieser Nacht zeigte sich der Fremde, ich taufte ihn Mr. Merrit in Anlehnung an einen Freund meines Vaters, der von ähnlicher Gestalt war und in mir als Junge ein ähnliches Gefühl des Unbehagens auslöste, nicht mehr so offen.

Das Gefühl, unter intensiver Beobachtung zu stehen wurde durch das plötzliche Verschwinden von Mr. Merrit nur noch verstärkt, jetzt wo ich ihn nicht mehr sah. Ich ärgerte mich, ihn durch meine kopflose Aktion aufgeschreckt zu haben und dadurch nur zu größerer Vorsicht angehalten zu haben. Sanft und leise, aber sehr konsequent beschlich mich die Panik, denn zu diesem Zeitpunkt hätten mich ein Einbruch und der damit verbundene Verlust der Bücher derartig hart niedergeschmettert, dass eine vollständige Erholung höchst unwahrscheinlich schien. Es erschien mir deshalb mehr als gerechtfertigt, weitere Maßnahmen zum Schutze meiner kleinen Bibliothek zu ergreifen. Wenn ich ehrlich bin, wünsche ich mir inzwischen, dass eben dieser Diebstahl stattgefunden hätte und mich vor dem jetzt so allgewärtigen Wahnsinn bewahrt hätte. Ich war so dumm.

Die Wochen zogen ins Land, während ich mein Studium der Schriften fortsetzte. Mittlerweile nahmen meine Aufzeichnungen, Bemerkungen und Kommentare die Ausmaße eines eigenen kleinen Buches an und Mr. Merrit trat nicht mehr körperlich in Erscheinung. Ich fügte meiner Arbeit außerdem noch zahlreiche Übersetzungen markanter Textstellen der fremdsprachigen Werke hinzu. Gerade die Übersetzungen, die von den linguistischen Koryphäen der Miskatonic Universität angefertigt wurden, verliehen meinen Aufzeichnungen bereits einen gewissen Wert. Das Wertvollste jedoch war meine inzwischen beinahe lückenlose Zeitleiste über die Bewegungen der Pnakotischen Manuskripte in den Irrungen und Wirrungen der Geschichte. Eine derartig präzise Eingrenzung gab es der Aussage von Professor Armitage zufolge nicht einmal in den höchsten Kreisen der Bibliophilen. Eine Äußerung, die mich mit einem gewissen Stolz erfüllte und in meinem bisherigen Handeln bestätigte. Der Aufwand hinter meinem Studium des Okkulten war so immens, dass ich in den folgenden Wochen und Monaten damit begann, den Vorlesungen fernzubleiben und mein Apartment im Wohnheim nur noch zu verlassen, um mich mit Konserven einzudecken oder aber kurz bei Professor Armitage in der Bibliothek vorbeizusehen. Jedes einzelne meiner Werke stellte nur eine kryptische, tief in den Ausführungen des jeweiligen Verfassers, vergrabene Momentaufnahme der Geschichte dar, doch das Gesamtbild, dass sich mir Erschloss, war so unbeschreiblich vollständig und detailliert, dass ich nicht fassen konnte, dass die Ereignisse, dich sich in meine Schriften, Notizen, Skizzen und Karten wiederspiegelten, nicht der bekannten jüngeren Geschichte angehörten, sondern lange vor der der offiziellen Geschichtsschreibung, ja, sogar so lange vor dem Menschen selbst, das unsere Existenz nurmehr ein flüchtiges Aufblitzen darstellte. Dieses Bild war so umfassend, dass ich an dieser Stelle nicht darauf eingehen möchte, denn immerhin liegen diesem Schreiben meine gesammelten Unterlagen bei. Das namenlose Grauen zog sich in seiner bedrohlichen Spur hinweg über alle Epochen der Geschichte und sämtliche existierenden und auch nicht mehr existierenden Kontinente. Die Entdeckung dieser Parallelen, weit über zufällige Ähnlichkeiten hinausgehende, Details in Werken von Autoren, die einander weder kennen noch die Schriften des anderen studiert haben konnten, da sie gänzlich anderen Kulturkreisen entstammten, erschreckten mich so sehr, dass ich mehr als einmal kurz davor Stand, mein Pseudostudium aufzugeben. Wiederum gab es Momente, die weitaus zahlreicher Auftraten als gut für meinen Verstand sein sollte, in denen das Feuer noch heller, noch heißer auflöderte und meine Neugier beinahe krankhafte Züge annahm. Es sei nur gesagt, dass ich manchmal in meinen Träumen ausführliche Reisen durch die dunklen Kontinente unternahm, als sei es ein einfacher Spaziergang im Park, ohne dazu jedoch zu verbotenen Substanzen greifen zu müssen. So bewegte ich mich durch weite, straßenähnliche Schluchten zwischen Gebäuden, die sich so weit in den Himmel drängten, dass ihre Spitzen über meinem Kopf ein neues, unwirkliches, beinahe gotteslästerliches Firmament zu bilden schienen. Die Gebäude, wenn man sie überhaupt als solche bezeichnen konnte, waren riesenhafte Spiralen, die teilweise einzeln, teilweise widersinnig ineinander verwunden, deren Oberfläche aus einem schwarzen, Licht absorbierenden Material unbekannten Ursprungs bestand. Architektonisch glich die schwarze Stadt nichts, was ich oder irgendein anderer Mensch jemals in seinem Leben zu Gesicht bekommen hatte.

Schlicht überwältigt über die schiere Größe dieser Bauwerke ging ich zögerlich durch die Schlucht der sich wie Fänge eines Raubtieres in den Himmel schraubenden Türme, ohne, dass ich ein bestimmtes Ziel hatte. So sehr mich die Neugier auch trieb, so sehr fürchtete ich, die Bewohner dieser abartigen Stadt zu treffen. Sofern es mir möglich war, orientierte ich mich an der Höhe von Durchgängen und Torbögen und schloss darauf, dass die Bewohner dieser Stadt riesenhafte Wesen sein mussten, die wenigstens drei Meter maßen. Es schien mir, als würde ich in der Ferne ein Meer rauschen hören. Sicher war ich jedoch nicht, schließlich konnte ich nicht einmal mit Gewissheit feststellen, dass ich mich auf der Erde befand. Zu viele Verweise auf eine Welt jenseits der unseren hatte ich in den zahllosen Schriften gefunden. Zu oft von einem "Da draußen" gelesen, als dass es überhaupt verwunderlich wäre, dass es mich in meinen Träumen heimsuchte.

War es die schwarze Stadt, nach der ich auf der Suche war? War ich zu einem Entdecker geworden, der nicht über die Meere segelte oder die Arktis erforschte, sondern in den tausenden und abertausenden Zeilen Text nach dem Unentdeckten forschte? War ich überhaupt in der Lage, zu bestimmen, w a n n ich träumte? Waren es tausend, hunderttausend oder eine Million Jahre, dich mich in die Vergangenheit zurückversetzte? Oder, und dieser Gedanke erschreckte mich jedes Mal aufs neue, wenn er meinen Geist heimsuchte, sah ich eine ferne Zukunft, einen Ort, der derartig weit von alle dem war, was ich mir vorstellen konnte, dass ich selbst in der unwirklichen Welt des Traums nur ein vages Schema dessen ausmachte, was dem Menschen in seiner Rolle als Herrscher über die Erde nachfolgen würde? Mit jedem Augenblick, den ich glaubte, in der schwarzen Stadt zu verbringen, verschwamm das Ziel meiner Nachforschungen, denn ich konnte nicht mehr sagen, wofür ich am Ende den Schlüssel in den Händen halten würde, die Vergangenheit oder die Zukunft. Die zyklopischen Ausmaße meiner Visionen, denn von einfachen Träumen konnte man kaum mehr sprechen, passte zu den zentralen Motiven, die sich wie ein dünner roter Faden durch die Ergebnisse meiner Recherchen zu ziehen schien. In Schriften aus nahezu jedem Zeitalter und aus jeder Kultur ist die Rede von diesen riesenhaften schwarzen Städten, wobei es keine Rolle spielt, ob die Siedlungen, deren Bewohner kulturübergreifend bloß als die Älteren bezeichnet werden, direkt oder indirekt erwähnt werden – das zentrale Motiv blieb stets erhalten und konnte einfach nicht zufällig derartige Parallelen aufweisen. Neben den schwarzen Türmen maß man den Älteren in allen Kulturkreisen, die über sie schrieben, die Fähigkeit bei, jenseits der Zeit zu existieren. Auch, wenn es für mich nur Schwer vorstellbar war, fehlten mir in diesem Fall entweder das Fachwissens eines Physikers oder aber die Kreativität eines Künstlers, glaubte ich so die tiefe Verlorenheit zu erklären, die ich in meinen dystopischen Fantasien empfand. So, wie ein Fisch zappelnd nach Luft schnappen zu beginnt, wenn man ihn aus dem Wasser nimmt, fühlte ich mich als Mensch, der Zeit von je her als linearen Ablauf mit Anfang und Ende empfand, verloren, wenn ich die dunklen Städte besuchen musste.

Damals war es mir schleierhaft, dass noch niemand vor mir auf diese im Grunde naheliegende Idee gekommen war, die Informationen so anzuordnen, wie ich es getan habe. Jetzt hoffe ich einfach nur, dass, sollte doch das Gegenteil der Fall gewesen sein, dieses Wissen niemals an in die falschen Hände gelangt. Fast als hätte es jemand bewusst verhindert.

Das **Bierce-Kompendium**, so betitelte Professor Armitage meine Aufzeichnungen in unseren Gesprächen immer öfter, verließ mein Apartment im Wohnheim nur ein einziges Mal, damit ich es dem Professor demonstrieren konnte. Auf dem Rückweg in mein Zimmer, der mich einmal quer über den nächtlichen Campus führte, muss ich verfolgt worden sein, denn bereits kurz nachdem Armitage den Nebeneingang der Bibliothek hinter mir verschlossen hatte, beschlich mich bereits das unbestimmte Gefühl, nicht allein in der engen Gasse zwischen der Bibliothek und den benachbarten Gebäude zu sein. Immer wieder suchte ich die Fensterstürze über mir und die Gasse hinter mir nach Verfolgern ab, doch am Ende fand ich mich allein auf dem Platz vor der Bibliothek. Ich wollte laut nach Mr. Merrit rufen, um ihn dazu zu bewegen, sich endlich zu offenbaren, entsann mich dann aber schnell, dass dieses Unterfangen von wenig Erfolg gekrönt sein würde, da er wohl kaum auf einen Namen hören würde, den ich ihm gegeben hatte. Ich realisierte in diesem Moment, dass es nicht sein durfte, mich von einer unbekannten, nicht im Ansatz konkreten Gefahr, auf diese Weise einschränken zu lassen und, dass es von essentieller Bedeutung für den weiteren Verlauf meines Studiums der Vergangenheit sein würde, dass ich diese Situation so bald als möglich beendete.

Am nächsten Tag versetzte ich die signierte Ausgabe von Francis D. McIntyres **Wirtschaftsprobädeutische Erkenntnisse**, dass ich von meinem Vater am Tage meiner Immatrikulation erhalten hatte, und einige weitere, weniger bedeutende Schriften aus diesen wenig relevanten Fachbereichen in einem Antiquariat in Portsmouth, dass etwa eine Tagesreise mit dem Bus westlich von Arkham lag. Ich nahm diese beschwerliche Reise auf mich, um sicherzustellen, dass nicht mein Vater eines Tages dieses in der Fachwelt legendäre Exemplar seines Buches durch

Zufall in den Händen hielt. Auch, wenn es mich mehrere Stunden der Verhandlung und mein gesammeltes Verhandlungsgeschick bedurfte, kam ich mit dem Antiquar zu einer Einigung, die dazu führte, dass ich das Geschäft mit einer zufriedenstellenden Summe verließ. Sogleich suchte ich den nahegelegen General Store auf, den mir der Antiquar empfohlen hatte, und erwarb einen .38er Revolver, eine kompakte Schrotflinte, sowie ausreichend Munition für beide Waffen, um mein Werk im Zweifel auch über einen längeren Zeitraum verteidigen zu können, sollte es notwendig sein. Dem Händler suggerierte ich halbwegs Glaubhaft, dass ich ein Student der städtischen Universität sei, der sich in seiner Freizeit wieder der Jagd widmen wollte, da Neuenglands Wälder ja gerade prädestiniert dazu seien. Ich ergänzte dieses Geschichte um einige Floskeln, die ich in meiner Jugend aufgeschnappte hatte, wenn ich meinen Vater und seine Kollegen auf der jährlichen Entenjagd begleitet hatte, um sie glaubhafter zu gestalten und keinen unnötigen Verdacht zu wecken. Sobald ich den Laden verlassen hatte, suchte ich eine der kleinen Gassen auf, für die Portsmouth so bekannt war, lud umständlich und ein wenig schüchtern den Revolver. Ich erinnerte mich, Berichte von Soldaten, Polizisten, aber auch Verbrechern gelesen zu haben, die von dem unglaublichen Gefühl der Macht berichteten, das einen durchströmte, wenn man eine geladene Waffe in der Hand hielt. Plötzlich schien es mir, als könne mir Mr. Merrit nichts mehr anhaben, wobei ich bewusst außer Acht ließ, dass ich seit Jahren aus der Übung und damit keineswegs sicher im Umgang mit Waffen jeglicher Art war. Hinzu kam, dass ich nicht einmal sicher sein konnte, ob es mir überhaupt möglich sein würde, Mr. Merrit zu Leibe rücken zu können. Dennoch gab ich mich dieser Illusion der Sicherheit hin und genoss den ersten Anflug von wirklicher Ruhe seit langer Zeit, die sich in mir ausbreitete. Dementsprechend schnell verfiel ich im Bus auf der Rückfahrt nach Arkham in einen intensiven, aber traumlosen Schlaf, aus dem mich erst der Fahrer wecken musste. Die wenige Entspannung, die mir auf diese Weise vergönnt gewesen, wurde durch das herbstliche Wetter hin fortgefegt und schuf viel Raum für das bekannte Unbehagen, das auf meinem Weg vom Busbahnhof bis zum Campus der Universität immer stärker wurde. Auch, wenn ich Mr. Merrit nirgendwo persönlich ausmachen konnte, hegte ich die Vermutung, dass es sich bei meinem schwarzen Verfolger nicht um eine Einzelperson handelt, sondern um eine Gruppe von Personen. Wahrscheinlich eine Gruppe von Schlägern, die von einem Bibliophilen angeheuert wurden, um mir das **Bierce-Kompendium** streitig zu machen. Oder eine Gruppe einer Geheimgesellschaft oder eines Kultes, die ich durch meine Nachforschungen aufgescheucht habe. So oder so war es offenkundig, dass sich in meiner Gegenwart Gestalten aufhielten, die es auf mich und mein Schaffen abgesehen hatte. Meine Hand schloss sich geistesgegenwärtig um den Griff des Revolvers und ich sah mich in meiner Absicht des Selbstschutzes bestätigt. SIE würden mein Kompendium nicht kampflos bekommen, auch wenn ich mich auf verlorenen Posten befand, ohne auch nur die leiseste Chance auf Unterstützung seitens der Behörden, meiner Universität oder meiner Familie zu haben. Man würde mich lachend aus der Polizeiwachen werfen, wenn ich dort vorstellig werden würde, um Anzeige gegen dunkle Gestalten zu erstatten, die ihre Klauen nach einem Kompendium ausstreckten, dessen Wert sich der ungebildeten Natur eines einfachen Polizisten unter keinen Umständen erschließen würde. So kalt sich das Metall des Revolvers in meiner Hand anfühlte, so aussichtslos erschien mir die Lage. In Gedanken versunken hatte ich wie aus Reflex nicht den direkten Weg zu meinem Apartment eingeschlagen, sondern war zahlreiche Umwege gegangen um eventuelle Verfolger besser ausmachen und gegebenenfalls direkt abschütteln zu können. Ich war so ein Narr. Dies wurde mir schlagartig bewusst, als ich von meiner kleinen Reise in mein Apartment zurückkehrte und die Tür aufgebrochen, sowie meine Unterlagen derartig stark durchsucht vorfand, dass es mich beinahe in die Fänge der Ohnmacht getrieben hätte. Hier hatte jemand mit einer derartigen Wut gewühlt und gesucht, dass wirklich kein Bogen Papier mehr auf dem anderen lag. Viele der Bücher waren zerfetzt, die Einbände aufgeschlitzt. Beinahe sämtliche Einrichtungsgegenstände waren umgeworfen und zerstört worden. Inmitten dieser Verwüstung fand ich meinen Tresor, der zwar überaus stark beschädigt war, seinen Inhalt aber nicht preisgegeben hatte. So gab es eindeutige Spuren am Schließmechanismus, die daraufhin deuteten, dass hier jemand mit einem schweren Brecheisen versucht hatte, sich Zugriff auf das Innere des Tresores zu verschaffen. Das Scheitern musste den Einbrecher derartig in Rage getrieben haben, dass er seine ungezügelte Wut an der Einrichtung des Zimmers ausgelassen hatte. Weder die Studenten in den benachbarten Zimmern, noch der alte Pförtner, ein ansonsten sehr für sein Pflichtbewusstsein und seine Verlässlichkeit bekannter Kriegsveteran, hatten etwas wahrgenommen, das auffällig gewesen war.

Inzwischen war ich mir sicher, dass es sich hierbei nicht nur um einen plumpen Versuch handelte, sich die Ergebnisse meiner Arbeit anzueignen, sondern um ein Signal. Die Gegenseite hatte wahrgenommen, dass ich mir Waffen beschafft hatte und mich mit allen mir zur Verfügung stehenden Mitteln zur Wehr setzen würde. Die Arbeit an dem Kompendium und die Lokalisierung der Pnakotischen Manuskripte, die damit verbundene Offenbarung und Neuordnung der Wissenschaft, war zu wichtig. Immer stärker keimte in mir der Gedanke, dass Mr. Merrit nicht aus eigenem Interesse handelte, sondern nur die ausführende Gewalt einer größeren Gefahr war. Es stellte sich jedoch die Frage, wer ein solches Interesse daran hatte, meine bahnbrechenden Entdeckungen für sich zu beanspruchen.

Bestand die Möglichkeit, dass es sich bei meinen fortwährenden nächtlichen Exkursionen und die schwarze Stadt um Warnungen handelte? Versucht ein Bewusstsein, das ich nicht verstehen, nicht im Ansatz begreifen konnte, auf diese Art und Wiese sich mit mir in Verbindung zu setzen?

Leider fehlte Professor Armitage die Zeit, um mich in der Beantwortung meiner Fragen zu unterstützen, was mir keine andere Möglichkeit ließ, als selbst mit der Suche nach Antworten zu beginnen. So vertiefte ich mich in die Aufzeichnungen die über den gemeinhin bekannten Zusammenbruch des Professor Peasle zur Verfügung standen. Auch hier war in einigen Quellen die Rede von den schwarzen Städten, die mir leider nur allzu bekannt waren. Allerdings waren weder die Informationen, die durch die Presse gegangen sind, noch diejenigen, die sein Sohn ausschließlich der wissenschaftlichen Welt zur Verfügung gestellt hatte, besonders gewinnbringend und haben mehr Fragen aufgeworfen, als beantwortet. Es wurde also notwendig, dass ich selbst Aufzeichnungen anfertigte, um die Situation besser einordnen zu können. Ich machte mich daran, in meinen Träumen sehr gezielte Expeditionen zu unternehmen und versuchte, so gut es mir möglich war, die schwarze Stadt zu kartographieren. Zu Beginn meiner weiterführenden Aufzeichnungen erwies sich dieses Vorhaben als beinahe unmöglich umzusetzen, doch schnell verstand ich, dass diese Stadt nicht nur über die drei bekannten räumlichen Dimensionen verfügte und es nicht nur eine Rolle spielte, wo genau ich mich befand, sondern auch, wann ich mich dort aufhielt. So gelang es mir sehr schnell, aussagekräftiges Kartenmaterial anzufertigen. Dazu nutze ich halbtransparentes Seidenpapier, was es ermöglichte, die einzelnen Zeitpunkte meiner Besuche durch Übereinanderlegen der verschiedenen Bögen miteinander zu vergleichen. Leider fehlte mir in der dunklen Stadt jeglicher räumliche Maßstab, sodass es mir nicht möglich war, meine Karten mit Entfernungs- oder Größenangaben zu versehen. Ebenso war es mir nicht möglich, während meiner Aufenthalte einen konkreten Zeitpunkt zu bestimmen, sodass ich diese von unserer Zeit ableitete und meine Karten mit den jeweiligen Daten meines Besuchs versah. Nach und nach gelang es mir auf diese Weise, die schwarze Stadt in weiten Teilen zu erkunden. Obgleich ich es zu keinem Zeitpunkt wagte, ein Gebäude zu betreten, konnte ich sehr detaillierte Aufzeichnungen über die Straßen und Außenareale anfertigen.

Während meiner Exkursion am 15. Mai konnte ich sogar den Kontakt mit einem Wesen herstellen, das mir in den Gassen zwischen den Türmen begegnete. Die äußere Form dieses etwa drei Meter hohen Geschöpfes ist derartig komplex und schwer in Worte zu fassen, dass ich darauf verzichte und stattdessen auf die, diesem Schreiben beiliegenden Skizzen verweise. Auch wenn ich von meiner Seite aus nicht behaupten kann, eine Kommunikation aktiv in die Wege geleitet zu haben, schien es mir, anhand der Reaktion des Wesen; seine fühlerähnliche Fortsetze, die dort zu finden waren, wo man in der traditionellen Biologie den Kopf einer Wesenheit suchte, etwas begreiflich machen zu wollen. Dann, zum ersten mal während meiner unzähligen Besuche in der schwarzen Stadt, ertönte eine Art Feuerhorn, ein so markerschütterndes Geräusch, dass ich auf die Knie fiel und mir verzweifelt die Ohren zuhielt, was jedoch keinen Unterschied zu machen schien. Das kreischende Geräusch schien tief in mich einzudringen. Als ich kurz aufschaute, entdeckte ich in der Ferne der weiteren Wesenheiten, die sich rasch nährten. Erst jetzt wurde mir bewusst, dass sie über keine Gliedmaßen zur Fortbewegung verfügten, sondern in einer überaus zügigen Geschwindigkeit zu fliegen schienen. Das Wesen vor mir hatte mich verraten. Ich zwang mich von den Knien auf die Füße und trottete benommen in Richtung eines Gewirrs aus Gassen und Korridoren, die ich aus einer meiner letzten Reisen in die dunkle Stadt noch in Erinnerung hatte. Vielleicht gelang es mir, die Verfolger in diesem überaus verschachtelten Teil der Stadt so lange zu täuschen, bis ich erwachte. Was würde geschehen, wenn sie mich fassten? Würde ich für immer in dieser Stadt gefangen sein? Würden sie mich sofort auslöschen oder würden sie mich zuvor foltern und quälen? Das Heulen war unterdies verstummt, doch das Geräusch der durch die Luft gleitenden Wesen war überall zu hören. Es mussten dutzende sein, die jetzt Jagt auf mich machten. Sie durften mich unter keinen Umständen zu fassen bekommen. Ich rannte durch die Stadt, du eine Dunkelheit, die so dicht zu sein schien, dass man sie greifen und zusehen konnte, wie sie zwischen den Fingern zerfloss, wie Schnee. Die Zahl meiner Verfolger nahm zu und mit ihr ein subtiles Vibrieren, dessen Ursprung ich nicht genau bestimmen konnte, den ich aber meinen Verfolgern zumaß. Es hatte den Anschein, dass jedes dieser Wesen eine Art Grundschwingung verursachte, die, wenn es einzeln auftrat, für den Menschen nicht oder kaum spürbar war, sich jedoch verstärkten, wenn die Zahl der Wesen wuchs. Um mich herum war während dieses Gedankenganges das Vibrieren zu einem massiven, umweltlichen Geräusch angewachsen, das darauf schließen ließ, dass die Zahl meiner Verfolger ein tatsächliches Entkommen meinerseits unmöglich machen würde. Resigniert blickte ich mich um. Auch wenn nirgends in meiner unmittelbaren Nähe eines dieser Wesen zu entdecken war, spürte ich ihre Nähe durch das latente und allgegenwärtige Vibrieren.

Da begriff ich, dass ich niemals eine Chance hatte, den riesigen Wesen zu entkommen. Auch, wenn sie zum Zeitpunkt meines Fluchtversuches nicht am selben Ort wie ich zu sein schienen, so waren sie es zum bestimmten Zeitpunkt in der Vergangenheit oder würden es zu einem bestimmten Zeitpunkt in der Zukunft sein. Ich hatte nicht bedacht, dass ich in dieser Stadt die Zeit als Raumdimension berücksichtigen musste. So äußerte sich die Präsenz der Wesen zu einem vergangenen oder zukünftigen Zeitpunkt durch das fremdartige vibrieren der Umgebung. Gerade, als ich mit diesem Gedanken meine Flucht endgültig aufgeben wollte, riss mich der vertraute Schrei meines Weckers aus dem Schlaf und damit den Klauen der dunklen Stadt. Mir war klar, dass ich für weitere Exkursionen Vorkehrungen treffen musste, die sich an den veränderten Umständen orientierten, da ich fest von ihrer Notwendigkeit für meine Forschungen überzeugt war. Bis jetzt hatte ich mich in der schwarzen Stadt in Einsamkeit gewähnt, doch es bestand eindeutig die Möglichkeit, in einen Kampf verwickelt und sogar in Gefangenschaft geraten zu können. Und während ich so da saß und in den Schein der Kerze blickte, kam mir die finale und rettende Idee, mich selbst vor der Gefangenschaft zu bewahren. Ich skizzierte mein Vorhaben und begann direkt am kommenden Abend mit den Experimenten. Dieser neu erwachte Eifer nahm mir zwar meine Furcht vor Mr. Merrit und hatte mich beinahe vollständig vergessen lassen, dass Tage zuvor mein Zimmer durch Fremde verwüstet wurde und ich der Angelegenheit eigentlich hätte nachgehen müssen. Doch was kümmerte mich der Handlanger einer Gruppe alter Männer, wenn man sehen konnte, was ich gesehen hatte, wenn man erfahren konnte, was ich erfahren hatte? Ich lud sowohl den Revolver, als auch die Schrotflinte und legte beides griffbereit in die Nähe meines Bettes. Sollten Mr. Merrit sich gewaltsam Zugang verschaffen, würde ich kurzen Prozess machen und ihn ein für alle mal ausschalten. Keinesfalls würde ich das Ergebnis meiner Forschungen durch ihn oder seine düsteren Meister gefährden lassen."

An dieser Stelle folgen mehrere Bögen mit Statistiken und dem beschriebenen Kartenmaterial, sowie ein tagebuchartiger Abriss über die Exkursionen in die dunkle Stadt, die diesem Schreiben beiliegen und auf deren detaillierte Wiedergabe ich hier aus Gründen der Übersichtlichkeit verzichte.

„Ich, Doktor Jakob Bierce, befand mich zu Beginn meiner Reise im Vollbesitz meiner geistigen Kräfte. Unterdies bin ich beinahe froh darum, dass ich inzwischen über die Einsicht verfüge, dass ein solcher Zustand letztlich nur in Abhängigkeit von einem gültigen Wertesystem funktionieren kann, dass jedoch in Anbetracht der Tatsache, dass die Geschicke der Welt aus den dunklen Städte durch die Yith gelenkt werden, dies absolut an Bedeutung verloren hat. Ich bemitleide und beneide gleichermaßen all jene, die bis jetzt vor dieser Einsicht verschont geblieben sind.
Hochachtungsvoll,
J.B."

Jetzt, da ich im Besitz seiner Unterlagen und des echten Abschiedsbriefes bin, weiß ich, dass Doktor Jakob Bierce mit seinen Nachforschungen eine Tür geöffnet hat, die besser verschlossen geblieben wäre. Wissen, das derartig unglaublich ist, dass es jeden, der damit in Berührung kommt dazu treibt, sich ihm hinzugeben und immer tiefer in der Vergangenheit zu graben. Ein Wissen, dass im höchstem Maße gefährlich ist und, sollte es jemals an die

Öffentlichkeit gelangen, die Ordnung der Welt, so wie wir sie kennen, in einem Streich vernichten kann. Anthropologie, Geschichte, Biologie und nahezu jedes andere Feld der Wissenschaft wird durch das **Bierce-Kompendium** als ungültig erklärt werden. Und genau diese Neuordnung war es, die seine Mörder durch ihre Tat abwendeten. Galten meine ersten Gedanken noch der Idee, dass es sich dabei um eine geheime Gesellschaft von Eingeweihten handelte, zeigen Bierces Beschreibungen ganz eindeutig, dass seine Feinde viel mehr waren, als fanatische Anhänger unserer Weltordnung und, obwohl sie nicht von dieser Welt waren, viel gefährlicher, als alles, was der Mensch hervorbringen kann. Es waren die Verfasser der Pnakotischen-Manuskripte selbst, jene alten Wesen, die jenseits von Raum und Zeit existieren, die Bierce ausgeschaltet haben, um sich selbst in ihren riesenhaften schwarzen Städten in der Vergangenheit vor der Entdeckung zu schützen. Dieser Anschlag erfolgte jedoch nicht, wie ich zuerst vermutete, in unserer Welt, sondern während seiner letzten Reise in die schwarze Stadt. Die Aufzeichnungen des Jungen belegen nämlich eindeutig, wie er zu Tode gekommen ist. Aufgrund seiner schrecklichen Erfahrungen im Zuge seiner späteren Besuche in der schwarzen Stadt, bei denen er auch Kontakt zu jener älteren Rasse hergestellt haben muss, kam Bierce zu der Entscheidung, dass, sollte ihm auf dieser Reise etwas zustoßen, dieses zwangsläufig auch Konsequenzen für seine physische Existenz haben. Er fürchtete, dass die Yith seinen Geist, sein Bewusstsein ausradieren würden und anschließend über seinen Körper Zugang zu unserer Welt erhalten würden. Deshalb musste er sicherstellen, dass dieser Zugang im Falle von unvorhergesehenen Ereignissen verschlossen werden würde. Da er sich und seine Forschungen keiner dritten Person anvertrauen wollte und konnte, blieb ihm nichts anderes übrig, als eine sehr drastische Entscheidung zu treffen. Vor einer jeden Exkursion übergoss er sich selbst mit einem hochbrennbaren Gemisch aus verschiedenen Ölen und Petroleum und befestigte mit geschmolzenem Wachs eine Kerze auf seiner Brust. Er hatte in Experimenten herausgefunden, wie lange die von ihm genutzte Sorte benötigte, um herunterzubrennen und präparierte seinen Wecker entsprechend. Wenn nun das Klingeln des Weckers ihn aus dem Schlaf riss und damit aus der dunklen Stadt befreite, hatte Bierce dank regelmäßiger vorangegangener Versuche die Fähigkeit entwickelt, die Kerze zu lösche, ohne sich selbst in Gefahr zu bringen. Entsprechende Einträge in seinem persönlichen Tagebuch belegen dies mehr als deutlich. Wenn es nun aber zu einer Situation kommen würde, in der die Yith ihn an der Rückkehr hinderten, würde die Kerze herab brennen, umfallen und das hochbrennbare Gemisch entzünden. Da Bierce davon ausgehen musste, dass zu diesem Zeitpunkt sein Bewusstsein bereits ausradiert wurde, war sein letztes Ziel, seinen weltlichen Körper so schwer zu schädigen, dass er durch die Älteren nicht als Zugang zu unserer Welt genutzt werden konnte. Auf eine tragische Weise erklärten sich so auch die zahllosen Manschetten von Seife, die den Boden seines Zimmers säumten. Um im universitären Alltag nicht durch den penetranten Geruch der Substanzen auf seinen Körper aufzufallen, musste er sich nach jeder seiner Reisen, und wenn man den Aufzeichnungen Glauben schenkte, also mehrmals in der Nacht ausgiebig waschen.

Denn obgleich es dem Menschen noch an den notwendigen Techniken fehlt, die Vergangenheit zu ändern, ist er jedoch sehr wohl dazu in der Lage, aus ihr Lehren für die Zukunft zu ziehen. Die Offenbarung der Älteren, deren Habitat zwar Millionen Jahre vor alle dem angesiedelt ist, was unsere Wissenschaft im Moment zu erklären vermag, fußt jedoch auf dem stabilen Fundament einer Zukunft, die sie selbst unter Aufwendung aller ihnen zur Verfügung stehenden Mittel erschaffen müssen. Nur auf diese Weise ist gewährleistet, dass ihnen diese Zukunft als Zuflucht vor jener dunklen Bedrohung zur Verfügung steht, die in ihren Schriften so oft erwähnt wurde. Die Älteren Wesen verfügen über ein Verständnis von Raum, Zeit und des Universums in seiner Gesamtheit, das wir Menschen nicht einmal erahnen können. Ebenso wenig können wir erahnen, welche Methoden zur Anwendung kommen, um die Zukunft zu sichern. Jakob Bierce musste bereits lernen, was geschieht, wenn man zu tief gräbt. Jetzt, da das **Bierce-Kompendium** sich in meiner Obhut befindet, bin ich gewiss, dass ich früher oder später selbst das Ziel ihrer Anschläge sein werde. Gott weiß, wie oft sie bereits in die Geschicke der Menschheit eingegriffen haben, um zu Verhindern, dass ein zu wacher Geist, eine Entscheidung oder auch nur ein Gedanke ihre gesamte Spezies und damit die Integrität des gesamten Universums gefährdet.

Trotzdem werde ich versuchen, mein Leben wie gewohnt fortzusetzen, wohlwissend, dass ich keine Chance habe, ihrem Attentat zu entgehen, sollten sie sich entschlossen haben, dass ich aufgrund meines Wissens eine Gefahr darstelle. Ich habe Professor Bierce telegraphisch mitgeteilt, dass ich mich leider aus persönlichen Gründen nicht mehr in der Lage sähe, die Nachforschungen in seinem Sinne fortzusetzen, dass ich ihm später eine kurze Zusammenfassung der Ergebnisse übersenden und selbstverständlich von jeglicher Honorarforderung Abstand nähme.

Ich mache mir auch nicht die Hoffnung, dass ich meinem Mörder dann ins Gesicht schauen werde - sofern er denn überhaupt eines hat. Vielleicht ist dieser Anschlag bereits erfolgt. Vielleicht entzündet sich die Wunde in meinem

Bein, die mir durch diesen verabscheuenswürdigen Schmuggler zugefügt wurde, bereits in diesem Augenblick, sodass ich nur noch wenige Jahre zu leben habe. Möglicherweise ist dies alles ein Teil ihres Plans. So hat einer ihrer Agenten die Schmuggler damals vor dem Eingriff der Polizei gewarnt, sodass es zu jenem verhängnisvollen Feuergefecht gekommen ist, was wiederum als Konsequenz hatte, dass ich den aktiven Dienst quittieren und als Privatermittler arbeiten musste. Nur so war sichergestellt, dass ich mit dem Fall Jakob Bierce in Berührung kam und in letzter Instanz seine gesammelten Unterlagen in meinen Besitz bringen würde. Dies würde auch das vollständige Fehlverhalten von Inspektor Furlington erklären, denn nur deshalb war es überhaupt notwendig, dass Professor Bierce mich mit der Aufklärung des Selbstmordes seines Sohnes beauftragen musste. So scheint es mir immer wahrscheinlicher, dass es sich bei Furlington um einen der Agenten handelt, die bewusst oder unbewusst im Auftrag der Älteren deren düstere Ziele in unserer Welt verfolgen. Es wird noch viele weitere Agenten überall auf der Welt und zu jeder Zeit geben, da die Älteren selbst nicht ohne Aufsehen in Erscheinung treten können. Durch ihr umfassendes Wissen über die Vergangenheit und die Zukunft stehen ihnen die besten Mittel zur Verfügung, um schwache Menschen in Versuchung zu führen. Ob es nun der Reichtum ist, den sie durch ihr Wissen um die Zukunft herbeiführen können oder aber, wie bei Furlington, Informationen, die dem Inspektor zu seiner hohen Aufklärungsrate verholfen haben, ist dabei bedeutungslos, solange die Stabilität ihrer Zukunft dadurch sichergestellt wird. Ein komplexer Plan, der in seiner Durchführung zu vielschichtig wäre, als dass ein Mensch dazu überhaupt in der Lage wäre. Für eine Rasse, die jenseits der Zeit existiert, gelten, wenn überhaupt, ganz andere Maßstäbe.

Am Ende jedoch sind all diese Gedanken nichts weiter, als Mutmaßungen, naive Fantasien, die ich niemals bestätigt oder wiederlegt sehen werde und niemals beweisen könnte. Selbstverständlich könnte ich meine Erkenntnisse zusammen mit den Aufzeichnungen von Bierce veröffentlichen, doch die Menschheit ist noch nicht bereit für dieses Wissen, sodass mir niemand glauben schenken würde. Die Älteren hätten eine Entwicklung dieser Art jedoch vorhergesehen und würden diese sicher zu verhindern wissen, weshalb ich von diesem drastischen Abstand nehmen werde.

Wahrscheinlich bin ich umgeben von ihren Agenten, nur, damit sichergestellt ist, dass ich mich verhalte, wie es für mich geplant ist. Sie beobachten mich, wissen ganz genau, was ich denke und was ich in diesem Augenblick zu Papier bringe. Eventuell ist dieser Brief auch nichts weiter, als eine weitere Instanz in einem Plan, den die Älteren für jemand ganz anderen vorbereitet haben, um ein Ziel zu erreichen, das weder der junge Bierce noch ich jemals erkennen könnten. Es bleibt mir also nichts mehr zu tun, als das **Bierce-Kompendium** den Flammen zu übergeben und mich an jene stürmische Nacht auf dem Anwesen der Familie zu erinnern, als ich mir der fortwährenden Beobachtung bewusst wurde. Damit haben die Älteren erreicht, was sie erreichen wollten und ich kann ein Leben führen, das dem allgemeinen Verständnis einer normalen Existenz zumindest nahe kommt. Die Visionen einer älteren Rasse, die ihr Spiel mit uns treibt, werden jedoch niemals vollständig verschwinden, sondern nur verblassen, nur um unvermittelt wiederzukehren, wenn das Licht des Tages verschwunden ist und mein Geist auf Wanderschaft geht. Immer nur bei Nacht.

Abschließendes

Mit „Immer nur bei Nacht" verwirkliche ich einen kleinen Traum und wage mich in die düsteren Gefilde von Howard Philips Lovecraft. Lovecrafts subtiler Horror, sein bildhafter, ausformulierter und detailreicher Erzählstil gepaart mit seiner höchstkreativen schöpferischen Kraft waren seit jeher eine Manifestation der Schreibkunst, die ich von tiefstem Herzen bewundere.

Es war nur eine Frage der Zeit bis ich mich daran machen würde, Lovecraft's letzten Willen, die Weiterführung des Mythos den er vor über einem Jahrhundert begründet hat, mit meinem kleinen Beitrag zu erfüllen. „Immer nur bei Nacht" ist jedoch nicht nur ein bloßes Nacheifern und Aufgreifen von Phrasen, sondern eine Interpretation von Teilaspekten des von Lovecraft geschaffenen Universums. Der geneigte Leser wird sich an der neuenglischen Küste und rund um die fiktive Stadt Arkham sogleich zu Hause gefühlt haben und jeder, der einmal Bilder dieser malerischen Landschaft gesehen hat, wird verstehen, warum sich Lovecrafts Liebe für diesen Landstrich in jedem fortsetzt, der sich mit seinem Lebenswerk näher befasst. So auch in mir.

Die Leserschaft von seinen großen Werken „Schatten über Innsmouth", „Der Fall Charles Dexter Ward" oder „Die Berge des Wahnsinns" teilen sich in zwei Lager. Zum einen sind da diejenigen, die sich an den für unsere Zeit unüblich langen und verschachtelten Sätzen stören und nichts mit dem unterschwelligen Grauen anfangen können. Zum anderen aber gibt es Leser, die sich der Geschichte öffnen und am Ende oftmals froh darüber sind, dass es in der Realität nicht möglich ist, eine Busfahrkarte nach Innsmouth zu kaufen. Oder von dort weg.

Mit „Immer nur bei Nacht" verneige ich mich vor Howard Philips und seinem kreativen Genie, dass seiner Zeit weit voraus gewesen ist und erst nach seinem Tod wirkliche Würdigung durch unzählige Anhänger und Bewunderer auf der ganzen Welt gefunden hat.

Vielleicht ist es mir ja gelungen, den ein oder anderen zu einem literarischen Ausflug nach Neuengland zu animieren. Zumindest heimlich und immer nur bei Nacht.

Lightning Source UK Ltd.
Milton Keynes UK
UKHW020023161221
395702UK00010B/930